集英社オレンジ文庫

家出青年、猫ホストになる

水島　忍

JN179915

Why am I in "NEKOCAFE"?

CONTENTS

イラスト／緒花

第一話　オレが猫ホストになったワケ

1

近藤渚《こんどうなぎさ》は夜更けに町をさ迷っていた。

上手《うま》くいかない自分の人生を嘆《なげ》きながら。

大学卒業まではごく普通の人生を歩んでいたと思う。子供のときから家庭問題を抱えていたものの、それくらいはよくあることだ。

小中高と真面目《まじめ》に勉強をして、大学ではバイトに精を出したり、友人とたまに合コンをしたり、女の子も交えてキャンプをしたり、みんなと同じように学生生活を過ごした。

そう。あの頃は人並みにカノジョだっていたっけ。

渚は子供のときから周りに可愛《かわい》いと言われ続けていたし、成長するとイケメンと呼ばれるようになった。といっても、自分では何かが少し足りないような顔だと思っている。スッキリしすぎているのだろうか。眉《まゆ》がキリリとしたような、いわゆる男らしい顔では決してない。

体形もやや小柄で細身だ。だが、それがいいと思っている女子もいるということだろう。

何度か告白されて、デートをした。自分ではサービスしたつもりだったが、相性が悪かったのか、振られてしまった。とはいえ、それほど悲しくもなかった。別にこちらが好きになったわけではないからだ。

そんなふうに大学生活を送り、食品会社に就職が決まった。ところが、その直後に産地偽装騒動が起こった。会社の業績はたちまち悪化し、とうとう入社直前に倒産してしまった。当然、入社は取り消しとなった。

未経験の新卒に、すぐ次の仕事が見つかるはずもない。仕方なくバイトを始め、ついにはいろいろなバイトを渡り歩くようになってしまった。

世に言うフリーターだ。こんなつもりではなかった。真面目に勉強し、真面目に働いてきたはずなのに、どうしてこうなってしまったのだろう。

そんなときにひどい風邪《かぜ》をひいてしまった。渚は実家で暮らしていたので、家で寝ていると父が言うのだ。

『おまえはダメな奴だ。バイトもクビだな』と。

クビではなく、自分からやめてしまった。風邪で休むなんてとんでもないと言われたからだ。

海産物を加工する会社の社長である祖父はこう言った。

『どうせおまえが就職できるのは、うちの会社くらいだろう』

祖母も言う。

『あなたの躾《しつけ》が悪いのよ』と。

この場合の『あなた』は母だ。だが、母も負けずに言う。

『あなたのせいで、わたしが責められているのよ。早くお祖父《じい》さんの会社で働きなさい』と。

この場合の『あなた』は渚のことだ。

今もって、三世代で同居しているのであれこれ口出しをしてくる人数も多い。だが、一人暮らしをすると言ったら、きっと家族に猛反対されただろう。何しろ渚は一人っ子なのだ。

渚は『いい子』として育ってきて、ずっと『いい子』であろうとした。だが、もう限界だ。すっかり気持ちがすさんでしまった。いくら努力しても報われない。

一体、オレは今まで何をしてきたんだ、と。

人生そのものに疑問を感じる。就職できないことや、バイト三昧《ざんまい》なのは自分のせいだろう。しかし、入社するはずだった会社が倒産したことは、渚に責任はない。今まで文句を言われても、我慢して実家にいたのは、不仲な家族をフォローするためだった。それなのに責められるなんて、あまりにも割に合わない。

そんなわけで、風邪が治った渚は、バックパックを背負って家を飛び出した。

もう、我慢ができない！

いろんな憤《いきどお》りと共に、悲しみを感じる。感情のまま当てもなく町の中を歩き回った挙句《あげく》、渚は行き場所がないことに気がついた。

近所のアパートで一人暮らしをしている友人は不在だった。家やマンションが建ち並ぶ住宅地には、漫画喫茶やインターネットカフェなどない。駅前にも二十四時間営業の店はコンビニしかなかった。加えて、もう終電の時刻は過ぎている。

つまり、電車で街に出かけられない渚は、家に帰るしか選択肢《し》がなかった。

でも、このままおめおめと帰れない。

いや、帰りたくない！

意地を張るのはやめたほうがいいと判《わか》っている。だが、どうしても家族に馬鹿にされたくなかった。どうせ一人で生きていくだけの力もないと思われるのは嫌だった。それくらいなら野宿でもしたほうがよほどいい。

幸い秋になったばかりなので、まだ暖かい。凍死することはないだろう。

渚は町内の小高い丘へ行き、石段を上った。鳥居《とりい》があり、そこには小さな神社があった。子供の頃、ここでよく遊んだものだった。当時はひっそりと静まり返っていたが、願い事が叶う神社として有名になったこともある。誰かが宝くじを買って、この神社で当たるように願ったところ、大当たりだったそうだ。その話がテレビで放送されるや否《いな》や、参拝《さんぱい》客《きゃく》が殺到した。

今はブームも去り、それほど参拝客はいないようだった。けれども、渚にとっては懐かしい神社で、幼い頃の記憶を甦《よみがえ》らせる場所でもあった。

渚は月明かりに照らされた小さな社殿《しゃでん》へ行き、お参りをする。今日だけここで夜明かしさせてほしいと願った。

もちろん中に入ろうなどとは思わない。だが、軒下《のきした》を借りるくらいなら、神様は文句を言うまい。適当な場所を探して腰を下ろすと、どこからかかすかに猫の鳴き声が聞こえてきた。

猫はまあまあ好きだ。すごく好きというわけではないが、可愛いとは思う。辺りを見回すと、小柄な猫が植え込みの中から姿を現し、渚のほうへと歩いてくる。

「なんだ、おまえ、迷い猫か？」

こんなに人に慣れているのだから野良《のら》ではないだろう。

茶トラのなかなか美形な猫だ。首輪はしていないが、逃げ出してきた猫かもしれない。

渚は苦笑いした。

こいつもオレと一緒だと思ったからだ。

「おいで」

声をかけると、猫は恐れる様子もなく、逆に興味津々《しんしん》といった感じで近づいてきた。渚が手を伸ばす。猫は抵抗もせずに、渚に抱かれた。

「あったかいな、おまえ……」

暖かいから野宿しても平気だとは思ったが、やはり少し肌寒い。ここへ猫が現れたのは、神様のお導きというやつかもしれない。

参拝したおかげだろうか。神様は渚の願いを聞き届けてくれたようだ。こんなにあっさり叶えてくれるなら、もっと大きなことを願えばよかったかもしれない。

たとえば……大富豪になりますように、とか。

正直なところを言うと、摩訶《まか》不思議なことや超常現象を、渚はまったく信じていなかった。しかし、都合のいい話は信じることにしている。

猫を抱いていると、その温かさが身体《からだ》に染み透っていく。猫のほうもきっと渚の体温が心地いいのだろう。

「おまえと一緒なら、野宿も怖くないな」

猫は何も答えてはくれないが、一緒にいるだけで心強かった。

「おまえはどうして逃げ出してきたんだ？　飼い主が嫌だったのか？　それとも自由が欲しかったのかな？」

渚は家族が嫌になっていたし、自由にもなりたかった。いや、自分は自由でいるつもりだったが、祖父母と両親に心を傷つけられ、家族に束縛《そくばく》されていることに気づいた。逃げるのは卑怯《ひきょう》だったかもしれない。けれども、そうせずにはいられなかった。その結果、今ここで夜明かしする羽目になっているのだが。

「猫だったら、こんな苦労はしなかったのになあ」

猫も飼い主に束縛《そくばく》されるのだろうか。人間目線では束縛されているように見えても、猫自身はそんなふうに感じていないかもしれない。

自由で勝手気まま。これが猫のイメージだった。

こうして渚の腕の中に収まっている茶トラ猫も、寒くて暖を取りたいからここにいるだけで、別に強制されているわけではない。

「オレはさ、おまえが羨《うらや》ましいよ」

渚は猫を撫《な》でながら呟《つぶや》いた。

「一日の半分だけでもいいから、おまえと入れ替わりたいな。おまえも人間になってみたいと思わないか？」

猫はわざわざ渚へ顔を向けて、ニャアと返事をするように鳴いた。

「よし。オレと同意見ってことだな」

渚が猫になり、猫が渚になる。そうなったら面白いだろう。渚はそんな想像をして、くすっと笑った。

猫の身体がさらに温かくなってくる。眠いのだろう。渚も眠くなってきた。

まるで猫と自分が同化していくような気がして……。

渚は眠気のあまり気が遠くなってくる。でも、この温もりだけは手放したくない。

だって、こいつは『オレ』だから。

その夜、渚は猫になった夢を見た。


朝日が眩《まぶ》しくて目が覚めた。

起き抜けに気づいたのは、誰かの腕の中にいるということだった。

誰かの……って誰の？

首を回して、自分が誰に抱きかかえられているのかを見た。

えっ……？

渚はまばたきをして、よく見てみた。見間違いかと思って、もう一度よく見てみた。目の前に見慣れた男の顔がある。中性的な顔立ちで、朝だというのにろくに髭《ひげ》も生えていない。髪も少し長い。

そうだ。オレがいつも洗面所で歯磨《はみが》きしながら見ている顔だ。

渚は愕然《がくぜん》とした。同時にパニックに陥《おちい》る。

どうして、オレがここにいるんだ！

なんてことだ。神社の軒下で寝入ったまま死んでしまったのだろうか。

するりと己の腕の中から抜け出してみて、渚はまたショックを受ける。目の前に広がる世界そのものが違う。

なんか……オレの目線、低すぎじゃないか？

きっとよつんばいだからだ。立ち上がろうとしたものの、上手《うま》くバランスが取れずにふらふらしている。しかも、まだ目線が低い。

不思議でたまらないけれど、とにかく自分が本当に死んでいるかどうか確かめないといけない。渚は横たわる自分に近寄り、揺り起こそうとして腕に手をかけた。

だが、手に毛が生えていることに気がつく。

毛が茶トラなんだけど！

渚は慌てて今の自分の身体を見回した。まさしくあの茶トラ猫の身体だ。

一体、寝ている間に何が起こったんだ。

渚は気を落ち着けようと目を閉じた。

そうだ。これは夢だ。夢なんだ。猫になった夢をまだ見ていて、目が覚めていないだけなんだ！

渚は十秒くらい瞼《まぶた》を閉じた。そして、ぱっと見開く。

しかし、視界に広がる光景は先ほどと変わらず、猫のものだった。

目線は低いし、『渚』の身体は死体のように横たわったままだった。

もしかして、一度死んで、猫に生まれ変わったのだろうか。

そんな……！

家出なんかするのではなかった。家族に責められ、どんなに腹が立ったとしても、家を飛び出して、神社で寝たりするのではなかった。

渚はわずかな間に何度も後悔した。

昨夜は生きる希望もなかった。何もかもが嫌になっていて、猫になったほうがましだと思った。そんな馬鹿なことを考えていたから、本当に猫に生まれ変わってしまったのだ。

そのうち誰かがここにやってきて、『渚』が死んでいるのを見つけるだろう。そして、渚自身は猫となって、生きていかなくてはならない。

まさかこんなつらい目に遭《あ》うとは思わなかった。

死んでしまった自分が憐《あわ》れに思えてくる。せめて猫の身体で温めてやろうと近づいた。

そのとき、『渚』が目を開けた。

目が合い、渚は狼狽《うろた》えた。

オレがオレと目を合わせているなんて！

自分は死んだのではない。目を開けたということは、ちゃんと生きているということだ。

死体の目でないのは、その黒目がちゃんと動いていて、意思が感じられるから判る。

『渚』の目はきょとんとして渚を見つめる。そして、戸惑うような表情で辺りを眺め、身体を起こした。

そして、自分の身体を見下ろす。それから途方に暮れた顔で再びこちらを見つめてきた。

『渚』は喉《のど》を鳴らすような奇妙な声を出した。

まるで猫の鳴き声に聞こえた。

ちょっと待て！

まさかと思うが……。

『渚』は猫が座るときのポーズを取り、手を舐《な》め、それで顔を撫でた。何度かその仕草を繰り返した後、自分の手を不思議そうにしげしげと眺めた。

　彼の行動は猫そのものだ。つまり、自分は死んで猫に生まれ変わったのではなく、猫と自分の身体が入れ替わってしまったのだろうか。

　いや、とても信じられない。これは夢だ。しかも、とんでもない悪夢だ。

　もう一度まばたきしてみたが、やはり結果は同じだった。

『渚』はもう一度自分の身体を見ると、ぎこちない仕草で立ち上がった。人間になったのを確かめるみたいに、数歩歩き、満足げな顔をする。

　それはオレの身体なのに！

　完全に猫に乗っ取られている。こんなことがあっていいのだろうか。確かに、猫と入れ替わりたいと言ったし、猫もニャアと返事をした。

　だけど……。

　これ、マジですか？　あり得ないんだけど。

　そのとき、誰かの気配を感じて、渚は振り返った。

　石段を上ってくる足音に、渚は改めてパニックに陥る。猫化した『渚』を誰かに見られたくない。なんとか身を隠してほしい一心で、話しかけた。

『おいっ、おまえ！』

だが、恐ろしいことに——というか、当然というべきか、言葉が喋《しゃべ》れなかった。出てくる声はニャアニャアという鳴き声だ。

ああ、オレは話すこともできなくなったんだ！

頭を抱えようとしたが、どうも上手くいかない。その結果、耳を何度もかくようなポーズになってしまった。

「こんなところにいたのか！」

男の声が聞こえてきて、渚は振り返った。そこには、すらっとした長身の男がいた。眼鏡《めがね》をかけていて、渚とは対照的に彫りの深い顔立ちをしている。年齢は二十代後半から三十代前半くらいか。黒いTシャツに黒いズボン、それにデニムジャケットを羽織《はお》っていて、どこかのモデルみたいだ。

彼は渚を見ると、蕩《とろ》けるような笑みを浮かべて、手を差し出した。

「一晩中、捜したんだよ。チャーちゃん、おいで」

この茶トラは彼の飼い猫らしい。予想どおり逃げ出してきたのだろう。

もしかして、彼に捕まえられたら、ずっと猫扱いされて生きていかなくてはならないかもしれない。

そんなの、嫌だあ！

渚はさっと身を翻《ひるがえ》して逃げたのだが、少し走ったところで男の手に捕まえられてしまった。

「捕まえた！　うっかり窓を開けてたからって、ベランダから逃げ出したらダメでしょ、チャーちゃん」

彼はその外見にそぐわぬ甘えた声で、渚を叱《しか》った。いや、渚ではなく、自分の飼い猫を叱ったつもりなのだ。

「もう、本当に心配したんだから」

彼はキスをしようと顔を近づけてくる。渚は前脚で必死に彼の顔を押さえようとした。

「ニャメニョー（やめろ）！」

男ははっとしたように、渚をまじまじと見た。言葉が通じた。だとしたら、なんとかこの状態を説明できると思った。

次の瞬間、彼はまたにっこり笑った。

「やだなあ、チャーちゃん。僕の顔に爪《つめ》を立てるなんて」

よく見れば、彼の顎《あご》の辺りに赤く痕が残っている。血は出ていないみたいだが、爪が食い込んだに違いない。

「僕がチャーちゃんのことを愛しているのは知っているだろう？　ねえ、チャーちゃん」

そう言いながら、男は渚の鼻の頭をちょんとつついた。

彼が『チャー』を愛しているのはよく判《わか》った。だが、このままでは彼に飼われてしまう。

それは困るし、嫌だ。

だいたい、渚の身体《からだ》は猫に乗っ取られたままだ。

そうだ。オレの身体はどうなるんだ！

『渚』はお構いなしに車が行き交う道を渡ろうとするに違いない。渚はまだ死にたくなかった。というより、自分の身体を死なせたくなかった。

ああ、こいつにちゃんと説明できたら……！

人違い。いや、猫違いなのだと。少なくとも中身は違う。

肝心《かんじん》の『渚』はまだ社殿《しゃでん》の傍に立っていて、こちらをじっと眺めている。男のほうは『渚』など眼中にない様子で、嬉しそうに微笑《ほほえ》んでいた。

「さあ、おうちに帰ろうね。帰ったら、おいしいご飯をあげるから」

彼は渚を抱き、連れて帰ろうとしている。彼の腕に爪を立てて抵抗するが、デニムのジャケット越しではなんともないらしい。涼しい顔をしている。

「ニョイ、ニョッニョニャニニョ（おい、ちょっと待てよ）！」

もちろん言葉は通じない。ニャアニャア叫んでいると、お尻を軽く叩かれてしまった。

男は渚の抵抗は気にしていないようだったが、『渚』が彼に近づいたときには、立ち止まった。

『渚』は男のジャケットの裾《すそ》を持ち、何か言いたげな顔をしている。男は驚いたように『渚』をまじまじと見た。

「……もしかして猫好き？　悪いね。この可愛《かわい》い茶トラは僕の猫なんだ」

どうやら男は『渚』を猫好き仲間だと思ったらしかった。

ちがーう！　そいつこそ、おまえの飼い猫だよ！　中身は可愛い茶トラのチャーちゃんなんだよ！

渚はそう言ってやりたかった。が、もちろん話せないし、もし言葉が通じたところで、信じてもらえないに違いない。

『渚』は小首をかしげ、訴えるみたいにニャアと鳴いた。

男は『渚』を見たまま固まった。渚は自分の身体が猫の物まねをしているようにしか見えず、居たたまれなかった。赤面ものの恥ずかしさだが、残念ながら猫なので、顔は赤らめられない。

「えーと……」

飼い主に置いていかれるのが嫌なのだ。必死にニャアニャア言っていて、彼がとても哀れに思えてきた。

そうだよな。飼い猫だもんな。ちょっと冒険して、家出をしてみたけど、帰りたいに決まっているよな。

人間になって嬉しそうにしていたが、一人で生きていけるわけがない。だから、渚も一緒になって男に訴えた。

「ニャアラ、ニョエニョニョイニャニャニャニァッニ（だから、オレとこいつが入れ替わってるんだって）！」

男は渚を見て、それから『渚』を見る。そして、顔をしかめた。

「ふざけてるんじゃないなら、言葉が通じないのかな。まあ、いいや。そんなにチャーちゃんが気に入ったなら、うちに来てもいいよ。チャーちゃんも君のことが気がかりみたいだから。あ、それ、君の荷物じゃない？」

男は放ってあるバックパックを親切にも『渚』に背負わせてくれた。

とりあえず、オレの身体と荷物をキープ！

とにかく自分の身体とは離れ離れになりたくない。身体が入れ替わるなんて不思議なことが起こったのだ。きっと、どうにか戻る方法だってあるはずだ。

ああ、神様。早く元に戻してください！

渚は男の腕に抱かれて、『渚』は男のジャケットの裾を握ったまま ついてくる。この男に入れ替わりの事実をどうやって伝えればいいのか、渚は頭を悩ませていた。

男の家は分譲マンションの二階にあった。扉の横には表札があり、名前は『上小路《かみこうじ》』だということが判る。どうやら一人暮らしらしく、彼が扉を開けると、中はしんとしていた。

「あ、ちょっと待って!」

『渚』が土足のまま上がろうとするのを、上小路は止めた。

「靴《くつ》は脱がなきゃいけないよ。やっぱり外国育ち? 日本語判るかな?」

『渚』はきょとんとしている。上小路は『渚』の不思議な行動を外国人か帰国子女だからだと思っていたらしい。彼は流ちょうな英語で話しかけた。だが、もちろん『渚』には通じない。

上小路は困ったような顔をしたが、『渚』を馬鹿にした態度はとらなかった。明らかに様子がおかしいのに、優しく面倒を見ようとしている。

渚を下ろすと、『渚』の靴を脱がせてやる。

「リビングで座ってて。チャーちゃんはこっちだよ。外に出たんだから、脚を洗わなくちゃ」

再びひょいと捕まえられ、洗面所に連れていかれた。脚を洗われ、柔《やわ》らかい布で拭かれた上に、ドライヤーで乾かされる。

「いつもと違って、あまり抵抗しないね。家出したこと、反省してる？　やっぱりチャーちゃんもうちが一番だって判ってくれたんだね？」

彼はにっこりと笑い、頬擦《ほおず》りをしてきた。渚は顔を背けて、逃れようとする。

「ああ、だから、爪を立てるのはダメだって。相変わらずだなあ、チャーちゃん。僕がこんなに愛してるのに」

猫に臆面《おくめん》もなく愛していると言う。彼の過剰《かじょう》な愛が鬱陶《うっとう》しくて、チャーは家出をしたに違いない。

猫……そういえば……。

渚はやっと思い出した。彼の正体を。

駅前に新しく猫カフェができたのだが、確か彼はそこの店長だ。以前、猫カフェの名前が入ったエプロンをつけて、チラシを配っていたのを見かけたことがある。

上小路はやっと渚を解放した。渚はほっとしたものの、『渚』が心配になる。身体は人間でも心は猫なのだ。何をしでかすか予想がつかない。

『渚』はリビングのソファの背もたれの上に腰かけて、居心地悪そうにしていた。きっとこの背もたれの上が、彼の好きな居場所なのだろう。

人間はそこじゃなく、ソファの座面に座るものなんだぞ。

そう教えてあげたいが、渚はどうやって猫とコミュニケーションを取っていいか判らなかった。

上小路は『渚』が奇妙なところに座っているのを見たが、もはや表情すら変えなかった。こいつはこんな奴だと諦めたのだろう。

「お腹空いた？　パン食べる？」

彼が『渚』に食パンを見せた。すると、『渚』は急に喜びの表情になり、ソファの背もたれから飛び降りると、彼に身体を擦り寄せた。

ああ、もう見てられない！

自分が男に擦り寄る姿なんて見たいわけがない。しかも、相手は明らかに引いている。

いや、嬉しそうにされても困るが。

渚は再び頭を抱えたくなったが、やはり上手《うま》くできない。

「君、なんか猫みたいだね。……名前を教えてくれる？」

「ニャア」

「……ニャア？」

「ニャア」

コミュニケーションが取れず上小路は困っていたが、渚が考えるよりずっと順応性が高いようだった。『渚』をダイニングテーブルにつかせると、トーストした食パンを載せた皿を置いた。

「コーヒーでいいかな？　僕はコーヒーしか飲まないから、他の飲み物がないんだ」

『渚』は返事もせずに、身を屈めてパンに食いつこうとしている。上小路はギョッとしたが、パンにバターを塗り、『渚』の手に持たせてやった。『渚』はにっこり笑い、パンを食べて、満足そうにしている。

これ以上、自分のこんな姿は見ていられない。もし他の人に見られたら、首尾《しゅび》よく元の身体に戻ったときに、恥ずかしくてこの辺ではとても生活できなくなりそうだった。

いや、そもそも元に戻れるかどうかが問題だ。ほんの出来心で、猫と入れ替わってみたいなどと思っただけで、猫として一生を終えるのは絶対嫌だ。

「チャーちゃんにもご飯あげないとね」

上小路は猫の餌《えさ》入れに、ドライフードを入れた。水も入れ替えてくれたが、さすがにこんなものを食べたり飲んだりしたくなかった。姿は猫でも心は人間だ。

ああ、せめてこいつにだけはオレとチャーが入れ替わったんだって判ってもらいたい。でも、伝えるすべがない。いや、待てよ。喋《しゃべ》れないのなら筆談という手があるじゃないか。

もちろん猫の前脚では筆記用具を持てない。しかし、なんとか文字は書けるはずだ。

渚は水入れに前脚を突っ込んだ。水で文字を書こうと思ったのだが、気がつくと、その前脚をペロペロ舐《な》めていた。

はっと我に返る。なんて恐ろしい。心は人間だが、身体に猫の習慣が残っているのだ。このままだと、本当に猫そのものになってしまう。

もう一度、水に前脚を突っ込み、それから床に文字を書いた。だが、なかなか上手《うま》く書けない。

「……何やってるの？　チャーちゃん、床を濡らしたらダメだよ」

上小路が雑巾《ぞうきん》を持ってきて拭こうとしている。拭かれてしまったら、苦労が水の泡《あわ》になってしまう。渚は『よく読め』と懸命《けんめい》に尻尾《しっぽ》で床を叩いた。

「えっ……これって……？」

彼はやっと水が文字だと判ったらしく、絶句した。そこには『オレハニンゲン』と書いてある。

さすがに、猫が文字を書くわけがないと思ったのだろう。呆然《ぼうぜん》として渚の顔を見つめてくる。

「チャーちゃん、いつ文字を覚えたんだ？」

「ニギャァウ（違う）！」

「……今喋った？　喋ったよね？　チャーちゃん、喋る？」

上小路はパニックに陥《おちい》ったのか、おろおろし始めた。こうなってくると、イケメンも形無しだ。

渚は意地悪くそう思って、また前脚に水をつけてカタカナの文字を書いた。

チャーと入れ替わったことを伝えると、彼は『渚』を見た。

「じゃあ、君がチャーちゃん？」

ニャアと返事をする『渚』を、彼はギュッと抱き締めた。

「ああ、可哀想《かわいそう》に。人間なんかになってしまったなんて……」

おいコラ。どういう意味だよ？

渚はムッとした。自分の身体が男に抱擁《ほうよう》されているのも気に食わないが、可哀想なのはこっちのほうだと思う。何しろ、チャーのほうは人間になれて嬉しそうだからだ。

渚のほうにはまったく喜びなどない。困惑するし、絶望もする。人間に戻れるかどうかも判らないのだから。

『渚』をさんざん抱き締め、髪を撫《な》でた後、やっと彼は渚に目を向けた。

「不思議なこともあるものだな。猫が人間になり、人間が猫になる。一体、どうしてこうなったんだ？」

冗談半分の願いが叶ってしまったのだと書くと、彼は納得したように頷《うなず》いた。

「なるほど。あそこの神様は願い事をよく聞いてくれるらしいからね」

よくそんな簡単に納得できるなと思ったが、実際、こうして猫が文字を書いたのだから、信じるしかないのだろう。

「名前を教えてくれないかな？」

コンドウナギサと書いた。

「僕は上小路遥一《よういち》。駅前の猫カフェの店長をしている」

それは知っている。渚は頷いた。

「で、もうすぐ出勤しなくちゃいけない。だから、早くご飯を食べてくれないかな。君も出勤するんだから」

嘘だろう。渚は啞然《あぜん》とした。彼はチャーの中身が人間だと知りながら、キャットフードを食べろと言っている。しかも、猫カフェで働かそうと企《たくら》んでいるのだ。

「今頃、君の仲間はスタッフに世話をされて、もう食事をしているよ。早く君も食べないと」

仲間……って、ひょっとして猫カフェにいる他の猫のこと？

渚は反抗的な気分になり、前脚で餌入れを引っくり返した。

「チャーちゃん！　じゃなくて、ナギサ君か。キャットフードも慣れればおいしいものだよ。たぶん。それに、猫の身体には猫の食べ物が一番いいんだ」

彼の言いたいことは判《わか》らないでもない。しかし、これは人間としてのプライドの問題なのだ。ツーンと横を向いて無視していると彼は折れ、ぶつぶつ言いながら自分のパンを差し出した。

渚は彼に近づき、パンに食いついた。何も塗っていないただのパンがこんなにおいしいとは思わなかった。

人間の暮らしがどんなにいいものか、再認識できた。人間に戻れたら、どんな食べ物でもありがたいと感謝するだろう。

でも、戻れなかったら……？

不安が心を過《よぎ》る。だが、暗いことを考えても仕方がない。渚が水を飲んでいる間、上小路は『渚』の世話にかかりきりだった。コーヒーを与えるのはやめにしたらしく、牛乳をグラスに注ぎ、飲み方を教えている。『渚』は最初こそ不器用だったが、そのうちにグラスで牛乳が飲めるようになっていた。

自分の身体にも、人間としての習慣が残っているのだろう。渚はほっとした。何もできない赤ん坊並みの自分を見ていられなかったからだ。

そして、上小路が渚だけでなく、『渚』も連れていこうとしていることに驚いた。

「チャーは淋しがりやで留守番するのが嫌いなんだ。だから、一緒に猫カフェに出勤して、猫ホストとして働いてもらっている。チャーは可愛《かわい》くて愛想がいいから、うちの店のナンバーワンなんだよ」

実際、『渚』は上小路がジャケットを着ると、慌てて駆け寄り、ぴったりとくっついてきた。置いていかれては大変だと思っているらしい。なるほど淋しがりやのようだ。

渚は自分が猫ホストとして仕事をするのも嫌だったが、『渚』を連れていくのも嫌だった。猫のような仕草をして、猫のようにしか鳴けない『渚』は、他人の目からどう見えるのだろう。

いつも人目を気にしてきた渚は、平然と店に『渚』を連れ出そうとしている上小路の気持ちが判らなかった。

かといって、ここに『渚』を残すほうが、もっと心配だということに気がついた。身体は人間で、頭の中は猫なのだ。見張っておかなくては、何をするか判らない。

こうなったら、なるようにしかならない。

渚は諦めの溜息をついた。

2

猫カフェというものに初めて入った。

普通のカフェのようにテーブルと椅子《いす》がある。だが、店の中央にはカーペットが敷かれ、ローソファーやクッションが置いてあった。猫と遊ぶスペースらしい。猫ベッドに、猫タワーもある。

そして、十匹ほど雑種猫がいて、思い思いの場所で寛《くつろ》いでいる。客は猫達を目当てにやってきて、猫を愛《め》でたり、写真を撮ったり、撫でたりする。その合間に飲んだり食べたりする。それだけだ。

チャーはナンバーワンの猫ホストだと、上小路が言っていたが、それは大げさではなかったようだ。チャーは大人気で、客から声をかけられ、写真を撮られる。

渚はできれば触られたくない。だが、ここでの渚はチャーなのだ。上小路にはこれから嫌でも世話にならなくてはならない。恩返しではないけれど、世話をしてもらうためには働かなくてはならないだろう。

　チャーがそう思っていたかどうかはともかく、渚は上小路のため、ナンバーワン猫ホストの座を守るため、精一杯、客に愛敬《あいきょう》を振りまいた。撫でられ、抱っこされるのも我慢した。

　何しろ渚は真面目《まじめ》なのだ。猫ホストとしても真面目に仕事に励《はげ》んだ。それに客は女性が多いし、カフェのスタッフも女性だから、だんだん満更《まんざら》でもなくなっていた。柔らかい胸に抱かれたり、膝にのせられると、あまりの気持ちよさに、ついつい眠くなってくる。

　もしかしたら、猫って、やっぱりいいかもしれない。

　不覚にもそう思ってしまったくらいだ。

『渚』ことチャーは、上小路に言い含められ、隅の席に座らされていた。『渚』も我慢しているのか、人間のようにじっとしていたが、アイスクリームをもらったときには目を輝かせた。

　上小路はスプーンでアイスクリームをすくって、食べさせてやる。『渚』はよほど気に入ったのだろう。目をトロンとさせて、アイスクリームを味わっていた。

これじゃ、二人が変な仲みたいじゃないか！

だが、上小路にはそんなつもりは一切ないらしい。何故なら、彼にとって『渚』は可愛い茶トラ猫のチャーなのだから。飼い主だから、世話をするのが当然だと考えているはずだ。

『渚』はスプーンを渡され、しばらく考えていたが、それを口に運んでアイスクリームを食べ始めた。

チャーも順応性のある奴なのだ。渚もそうだ。猫ホストがすっかり板についてきた。最初のぎこちなさはどこにもない。

とはいえ、一生この状態では嫌だ。早く元に戻らなければ。

そういえば、他の猫はやはりいつもと違うことが判るようで、渚から距離を置いていた。しかし、渚もそのほうが都合がいい。いくら猫のふりをしてみたところで本物ではないから、猫とコミュニケーションなんてとれるわけがなかった。

そして判ったのは、上小路があまり猫に好かれていないことだ。あんなに猫を溺愛《できあい》しているのに、猫のほうが迷惑そうに上小路を避けようとする。構いすぎるせいだろうか。チャーだって家出をするくらいだから、上小路にそれほど懐いていないのかもしれない。

もっとも、『渚』となったチャーは、上小路を頼りにしているようだった。人間になって不安なのだろう。

夜七時を過ぎると、スタッフが店じまいを始める。この町は住宅街だから、夜遅くまで営業しても猫カフェには客が来ないのだ。

猫達は餌《えさ》をもらった後、それぞれ好きなところに座ったり、寝転んだりしている。ケージの中に入る猫もいるが、無理やり入れているわけではなく、猫自身がそれを好んでいるようだった。

「チャーちゃん、おいで」

上小路はスタッフに戸締まりを任せて、渚を抱き上げ、肩にのせた。手が添えられているから、落ちる心配はない。もっとも、猫の身のこなしを考えたら、落ちたところで大した問題ではないだろう。

いや、オレは猫じゃないんだけど。

彼は『渚』も連れてマンションに戻った。

もうすぐ八時だ。ふと渚は家族のことが気になってきた。ぷいと家を出たきりになってしまっている。

元々は、友人のアパートに何日か厄介《やっかい》になり、そこでバイトと住まいを見つけ、改めて荷物を取りに帰るつもりだった。けれども友人は不在だったし、神社で野宿をした挙句《あげく》、猫になってしまった。帰るどころか、連絡すらできない状態だ。

上小路は『渚』の靴《くつ》を脱がせている。中身がチャーだと思うと可愛く見えるのか、蕩《とろ》けるような笑顔を向け、甘ったるい言葉をかけている。傍《はた》から見ていると、やはり微妙な気分になってしまう。

「さあ、チャーちゃん、ここに座って」

『渚』をソファに連れていき、座らせようとするものの、彼はダイニングテーブルの椅子に座りたがる。ニャアニャア鳴いているところから鑑《かんが》みるに、どうやら何か食べ物が欲しいと要求しているらしい。

チャーが人間になって嬉しそうにしていたのは、もしかしたら食べ物が目当てだからかもしれない。

「チャーちゃんが食べやすいものを作ってあげようね」

上小路がそう声をかけると、『渚』は幸せそうな顔で笑った。

間違いない。こいつは食い意地が張っている。

「ナギサ君はこっちね」

指を差された場所は猫のベッドだった。

「あ、こっちでもいいけど」

そこは猫タワーだった。渚はムッとしながら、ソファに飛び乗った。

誰が猫タワーなんか上るか！

そう思ったとき、ふと眩暈《めまい》を覚えた。

あれ……？

頭がボンヤリしてきて、目を閉じる。次に目を開けたときには違う視界が広がっていた。

「えっ、あ……ああっ？」

渚は自分が出した声に驚いた。しかも、ソファにいたはずなのに、ダイニングテーブルの椅子に腰かけている。急いで自分の両手を見る。

「戻ってる！　人間に戻った！」

歓喜のあまり立ち上がった。一方、チャーも自分が猫に戻ったことに気づいたらしい。怒ったように猫タワーに駆け上がると、渚をギッと睨《にら》みつけてきた。

おいしい食べ物を食べ損《そこ》なったのは渚のせいだと言わんばかりだ。

「え……戻ったんだ……」

上小路が何故かがっかりした口調で言う。

「ああ。無事に戻れた。あんたにはいろいろ世話になったな。ありがとう！」

どうして元に戻れたのか判らないが、とにかく戻してくれた神様に感謝したい。それに、入れ替わっていた間に、面倒を見てくれた上小路に対しても。

「いや、僕はごく普通のことをしただけだよ」

上小路は気を取り直したようににっこり笑ったが、そもそも猫と人間が入れ替わったこと自体が、普通ではないのだ。

彼は落ち着いた様子で言った。

「まあ、食事を作るから、食べていけばいいよ。帰る前に、チャーと入れ替わったときの詳しい話や、猫になってみての感想をちょっと聞かせてほしいんだ」

「それくらい全然構わないよ」

そう答えながら実家に帰ることを考えて、ふと気持ちが暗くなる。家を飛び出したばかりなので、やはりまだ帰りたくない。

渚は思いきって言ってみた。

「実はオレ、今、家がなくて……。もちろん、すぐに住むところを見つけるつもりだけど、今夜だけ泊めてもらえないかなあ」

友人はまだ不在かもしれない。電話をかければいいことだが、それより今夜はここに泊めてもらいたかった。

何故かというと、人間に戻った途端、とてつもない疲労を感じたからだ。理由はよく判らないが、身体《からだ》と心が上手《うま》く結びついていないというか、この身体を妙に重く感じてしまう。できれば一歩も動きたくない。

上小路は渚の図々《ずうずう》しい願いをすぐに了承してくれた。

「いいよ。ただ、寝るところがないんだ。毛布《もうふ》は余分にあるけど」

今日一日、上小路と過ごしてみて感じたのは、彼がとてもいい奴だということだ。渚は自然と彼にタメ口をきいていた。

「ソファで充分だよ」

少なくとも、神社の軒下《のきした》よりずっといい。

話は決まり、上小路はまず猫缶を開けて、チャーに与えた。チャーはなかなか猫タワーから下りてこなかったが、しばらくしてひどく不満そうな素振《そぶ》りで餌を食べ始めた。

「チャーちゃん、そんなに拗《す》ねないで」

上小路がチャーの頭に触れようとしたところ、その手を払いのけるべく猫パンチが繰り出された。相当、不機嫌な様子だ。

だが、上小路は猫パンチにうっとりしている。

「チャーちゃんの猫パンチ、可愛《かわい》い！」

猫パンチが可愛い？　痛いの間違いじゃないのか？

爪《つめ》を出していないなら、猫パンチもそんなに痛くはないのかもしれない。それにしても、こんな奴隷《どれい》のような態度では、猫にナメられてもおかしくなかった。

思えば元に戻ったとき、彼が少し落胆《らくたん》して見えたのは、人間のチャーは彼を頼っていたからだろう。

そう。上小路という男は猫を、そしてチャーを愛するあまり、奴隷になり、ナメられているのだ。甘えてもらいたいという気持ちもきっと人一倍あるのだと思う。

これで、猫カフェの店長などよくやれているなと思ったが、他の猫に対してはここまで奴隷状態ではなかった気がする。ただ、過剰《かじょう》に愛情を抱いているのは間違いないが。

チャーは餌を食べ終わると、さっと猫タワーの天辺《てっぺん》に上り、相変わらず恨めしそうに渚を見ていた。

チャーは執念深い。この身体をまだ虎視眈々《こしたんたん》と狙っているようで、ここに泊まると決めたのを、渚は少し後悔していた。

いや、猫ごときに何ができるっていうんだ。

上小路は二人分の食事を作った。ダイニングテーブルで向かい合って座り、入れ替わりについて話をしながら食事をしていると、渚はなんだか変な気分になってきた。

会ったばかりの人間とこんなに親しくなるのは、渚にはめずらしいことだ。思わぬ出会いで、渚もチャー同様、彼に頼るしかなかった。だから、彼が妙に近しい存在に思えてしまう。ひょっとしたら彼も同じなのだろうか。

子供の頃から、渚は家族と一緒に食事をしていても、こんなに寛《くつろ》いだ気分にはなれなかった。実は、渚の家は就職のことだけではなく、もっと根の深い問題を抱えていた。

祖父は小さな工場を経営しており、父もそこで働いている。といっても、今は実質、父が社長だが。両親は新婚時代から祖父母と同居していて、お定まりの嫁姑《よめしゅうとめ》問題があった。父は母と祖母の間を上手く取り持てず、おまけに祖父の言いなりだった。そのことで母と喧嘩《けんか》をよくしていて、一人っ子の渚はいつも母の味方をした。泣く母を慰《なぐさ》め、いつも褒《ほ》められるいい子でいようとした。それが家族のためになると思っていた。

だから、あんなに嫌な家なのに、家出をするまでずっと我慢していたのだ。けれども仕事を失い、バイト生活をするうち、だんだん両親や祖父母が自分に何を期待しているのか、はっきりと判《わか》ってきた。

大学時代、就職活動を始める際に、渚は思い切って工場を継がないと告げたつもりだった。さすがに一生この家族と一緒にいるのは嫌だったからだ。しかし、彼らはそのうち渚の気が変わるだろうと勝手に思い込んでいた。しかも、渚が結婚すれば、嫁も当然一緒に住むだろう、と。

母までもがそう思っていたことに驚いた。母の苦労を知っている渚が、そんな選択をするわけがない。今のところ結婚の予定などまったくないが、もしそうなったとしても同居はあり得ない。

やがて、フリーターであることを責められ、ダメ男扱いされた上に、工場を手伝うなら許してやると言われて、渚は衝動的に家出をしてしまった。

なんのために、したくもない勉強を懸命《けんめい》にして、いい成績を取ったのか判らなかった。運動会で一番になり、スケッチでも書道でも表彰された。そんな努力もすべて無駄だったのかと思うと、自分の人生そのものに疑問を抱いてしまう。

そして、渚は猫になった。猫になりたいと思ったのは人生に疲れていたからだが、やはり人間のほうがいい。二度と猫なんかになりたくなかった。

渚は猫になった経緯について、上小路に話した。彼は聞き上手《じょうず》で、気がついたら家庭不和のことまで洗いざらい話していた。

「あんたって不思議な人だなあ。初対面みたいなものなのに、どうしてこんなに喋《しゃべ》っているのか、自分でも判らない」

渚は相手に慣れるのに時間がかかるほうだ。それに、誰とでも仲良くなれるわけではなかった。友人も少なく、表面的な付き合いばかりだった。

上小路にタメ口をきいているのも、渚らしからぬことだった。聞くところによると彼は三十歳で、渚より八歳も上だという。

彼の面倒見がいいからだろうか。何故だか、彼といると渚はリラックスできる。そして、開けっぴろげな態度を取っても彼は決して嫌な顔をせず、受け止めてくれた。

彼は渚に向かって、にっこり笑った。

「僕も君が他人のように思えない」

「え？　う、うん……」

そこまで言われると、少し照れてしまう。

「君とチャーが僕の中で一緒になって、少し混乱しているのかもしれないな」

渚は思わず彼の顔をまじまじと見てしまった。確かにチャーとは入れ替わったが、猫と混同されてもあまり嬉しくはない。

「オレはオレ。チャーはチャー。入れ替わったことはもう忘れたほうがいいんじゃないかな」

もう二度とこんなことはないんだからさ。

渚はそう言いたかった。元々、あるはずのない出来事だったのだから、二度も起こるとは思えない。

「そうだろうね。でも、神社でチャーと一晩過ごしたら、僕でも猫になれるかな」

わりと真顔で訊いてくるので、渚は目を丸くした。

「本気で猫になりたいとか思ってる？　あんたが猫になって、チャーがあんたになったら、誰が面倒見てくれんの？　あんたもチャーも大変なことになりそうだけど」

上小路は顔をしかめた。

「そうか。一度、猫の気持ちになってみたいと思っていたんだけど、チャーの世話は僕の責任だからね」

渚には理解しがたいが、猫好きはみんな一度は猫になりたいと思うものなのだろうか。いや、上小路は特別かもしれない。猫への愛情が過剰だから。

「オレだって、好きで猫になったわけじゃないし。猫になりたいって、ほんの思いつきというか、冗談みたいなものだったんだから」

それが本当になると知っていたら、あのとき絶対に願わなかったと思う。今度、神社に行って、よく説明しておこう。あれは本気ではなかったのだと。

渚は食器の後片付けを買って出た。食事を作ってもらったのだから、礼儀《れいぎ》としてこれくらいはするべきだろう。それから風呂に入り、人間に戻れたことへ心から感謝をしつつ、ソファで毛布に包《くる》まり、眠りにつく。チャーは猫ベッドごと上小路の寝室に連れていかれて、リビングには渚一人だけだ。

ここは居心地がいいが、明日には出ていかなければならない。上小路は友人でもなんでもない。これ以上、彼を頼るわけにはいかなかった。

そうだ。新しいバイトを探さなくては。

自分の力で生きていく。それが大人として大切なことだった。


翌朝、身支度《みじたく》を済ませ、これから朝食のトーストとオムレツを食べようとしたとき、渚はまた眩暈《めまい》に襲われた。

「あ……なんか……」

「渚君？　気分が悪い？」

上小路の心配そうな声が遠くに聞こえる。はっと気がついたとき――渚はまた猫になっていた。

「ニョンニャ、ニャニャニャ（そんな馬鹿な）！」

そう叫ぶと、事情を理解した上小路は何故だか嬉しそうに微笑《ほほえ》んだ。

「ああ、また入れ替わったんだ」

あり得ない。あり得ない。あり得なーい！

上小路は猫の渚を抱き上げた。

「やっぱり君はチャーと違って、抱いてもあまり抵抗しないなあ」

上小路は『渚』となったチャーの世話ができること以外にも、チャーの身体《からだ》を抱っこできることが嬉しいのだ。

ようやく元に戻れたと喜んでいたのに、また猫になったこっちの身になってみろよ！

そう思ったが、人間の言葉が喋れない渚は文句を言えなかった。その代わり、頬擦《ほおず》りしてこようとした上小路の顔に猫パンチを叩き込む。

「可愛いなあ。チャーちゃん、もっとして」

「ニョレニャニャーニャニャイ（オレはチャーじゃない）！」

「あ、なんか今の、人間の言葉みたいだった。そのうち喋れるようになるかもしれないよ」

そんなに長く猫でいたくない。それとも、こんなふうにずっと猫になったり人間に戻ったりするのだろうか。

不安を感じていると、上小路は微笑んで頭を撫《な》でてきた。

「心配ないよ。猫でいるときは、僕が面倒を見るからね。人間に戻れたときも、しばらくここにいたほうがいいな。突然、猫になったら困るだろう？」

確かにそうだ。しかし、また人間に戻れるのだろうか。やはり不安でならない。

一方、『渚』は嬉しげに朝食を食べている。スプーンの使い方も上手になっていて、おいしそうにオムレツを食べていた。さっき猫の身体でドライフードを食べていたくせに。

オレはそのうちチャーに身体を乗っ取られてしまうかもしれない。

渚はすっかり落ち込んでいた。

3

渚が上小路のマンションで暮らすようになって、三週間が経った。

相変わらず猫になったり、人間に戻ったりしている。どうやら朝八時から夜の八時までが猫タイムらしい。そういえば、あの神社で願ったのは『一日の半分だけでもいいから猫と入れ替わりたい』だった。本当にとんでもないことを願ったものだった。

チャーを連れて、もう一度、神社の軒下《のきした》へ行ったこともある。元に戻してほしいと願って一晩過ごしたものの、翌朝にはやはり猫になってしまった。おそらくチャーのほうが人間の身体を気に入っていて、元に戻りたいと思ってくれていないからだろう。

チャーの目当ては人間の食べ物だ。おいしいものを食べるときのうっとりした顔ときたら……。

そんな『渚』を上小路が蕩《とろ》けるような眼差《まなざ》しで見つめ、ひたすら甘やかしている。それを目の前で繰り広げられるのは苦痛だが、困るのは、猫カフェでも同じ状態だということだ。

猫カフェの隅の席に座る細身の青年。そして、それを甘やかすイケメン店長。

よくない。よくない。よくなーい！

二人（？）がどう見えようと構わないと言いたいが、それは自分の顔と身体だ。渚を知っている誰かが来店したら、どんなふうに思われるだろうか。

実際、猫ホストとして接客中に、客のひそひそ話を聞いてしまった。あの二人はどうも怪しいと。身悶《みもだ》えるほど恥ずかしいが、どうにもならない。人間に戻ったとき、上小路に苦情を言ったのだが、彼は渚もチャーもあまり区別がつかなくなっているらしい。いくら猛抗議しても、微笑んでいるだけなのだ。

渚は猫になっているときも、少し人間の言葉らしいものが喋れるようになっていたので、余計に渚とチャーが一心同体に思えるのだろう。事実は全然違うが。

とはいえ、この三週間で、チャーは人間らしい振る舞いが少しはできるようになった。

渚のほうは毎日、客に可愛がられる猫のふりを懸命にしていたら、自分が本当に猫のような気がしてきている。

　このままじゃマズイ！

　渚は危機感を募《つの》らせていた。

　今日も猫ホストとして仕事をしていると、午後から子供が親に連れられてやってきた。その子はカフェの猫が欲しいという。

　ここには血統書つきの猫はおらず雑種ばかりなのだが、その理由は全員保護猫だからだ。捨てられていたり、野良《のら》だったり、行き場のない猫を保護している団体から連れてきた猫で、客が望めば自分の家に連れ帰れるシステムになっていた。

　上小路はその親子と真面目《まじめ》な話をしていた。

「この子は生まれたばかりで目が見えないときに、段ボールに入れられて捨てられていたんです。運よく見つけられて、保護団体に連れていかれ、そこから縁があってうちの店に来ました。この子があなた方の家に行くのも、縁があってのことだと思います。だから、どうかこの子を都合のいいときにだけ可愛がるペットではなく、家族の一員にしてください」

　親子に対して真剣な顔で話す上小路は、いつもよりずっと格好よく見えた。彼はこの店の店長で、きちんと責任を果たしている大人だ。ただ、渚は一緒に暮らしていて、チャーを溺愛《できあい》しているところばかり見ているせいか、まともに職にも就《つ》けない自分と大して変わらないのではないかと思っていた。

本当はオレとはまったく違う。オレは仕事もしてないし、住むところだってなくて、居《い》候《そうろう》しているだけだ。

もちろん半猫の身ではまともに仕事もできないし、上小路に頼らざるを得ない部分もある。

でも……。

オレはこいつに甘えすぎていたかもしれない。

猫カフェでチャーの代わりをして、人間に戻ったときに家事をするくらいで、それ以外は上小路の世話になっている。彼がいなければ、自分は一体どうなっていただろう。

だが、彼に頼ってばかりいたら、いつか追い出されるかもしれない。何かもっと彼の役に立つべきだ。

彼は渚をチャーと同一視しているが、実際、渚の面倒を見る義務はない。ただ、彼の厚意を渚が一方的に利用しているだけだ。

上小路は猫を抱っこしている子供に、優しく声をかける。

「この子は悪戯《いたずら》をするかもしれない。それから、病気になるかもしれない。年を取って歩けなくなるかもしれない。でも、どんなときでも、ずっと変わらず可愛がってあげて。この子は君を頼りにしているよ」

子供は猫を撫でながら、何度も頷《うなず》いていた。

そうだ。猫ならいい。猫なら何もせず、いるだけでいい。可愛がってもらえて、面倒をみてもらえて、それで一生を終えてもいいのだ。

しかし、渚は人間だった。半分猫になるけれど、やはり人間だ。上小路とは対等な関係であるべきで、彼の態度にかかわらず、甘えすぎてはいけない。

物心ついたときから、渚は家族にもあまり甘えてこなかった。今がおかしいのだ。これ以上、自分らしくないことはしたくない。

その夜、人間に戻ったとき、渚は上小路に宣言した。

「オレ、そろそろバイトしようかと思っているんだ」

上小路はきょとんとした顔で訊き返してきた。

「……バイト？　でも……」

「昼間はできない。だけど、夜は働けるだろう？」

「それはそうだけど……。何も無理して働かなくてもいいんだよ」

「そういうわけにはいかないよ。せめてバイトくらいしないと。子供じゃないんだから」

働かずに世話になるのが心苦しいわけだが、それは口にしなかった。そう言ってしまうと、まるでこのままでいいと彼に許してもらいたがっているみたいだ。

それに、やはりお金について口に出すのはスマートではない。彼がしてくれることは、金銭の問題ではないからだ。ただ、彼の厚意にいつまでも甘えていてはいけないと思う。

彼はそのうちうんざりするだろう。どうして、こんな居候を家に置かねばならないのか。どうして面倒を見なくてはいけないのかと思い始めるはずだ。

そんなふうに思われてから働くより、今から働いて、役に立つところを見せたかった。そうしたら、渚が居候していても、彼はさほどうんざりしないかもしれない。

それに、もしここに居づらくなった場合、バイトをしていたほうがずっと出ていきやすい。行くところもなく、金もなければ、彼だって追い出すのを躊躇《ちゅうちょ》するだろう。そんなふうに気を遣わせたくなかった。

もちろん、チャーと入れ替わるような状態で、完全な自立などできそうにないが。

でも、上小路の家族はチャーだけだから。

オレなんて、ただの居候だ。

「まあ、君のしたいようにすればいいよ。僕には止める権利はないし」

上小路は諦めたようにそう言い、ソファに座るチャーを抱き上げようとして、拒絶の猫パンチを食らっていた。

夜働くと決心した翌々日、渚は駅近くのビルの警備員の仕事を得ていた。本当は夜八時からのシフトだが、三十分遅らせて、八時半開始にしてもらう。そして、朝五時半まで働くことになった。

その次の日から働き始めた渚は、真面目に仕事をした。警備員の仕事は見回りや待機で、それほど大変ではない代わりに、そんなに面白いこともない。ただ淡々と仕事をこなしていたが、これでバイト代をもらえるなら、少しは上小路に恩返しができる。

六時近くにようやく戻ってきて、シャワーを浴びた後、少し眠る。といっても、すぐ猫になってしまう。

昼間は猫カフェで猫ホストとして働くのも、渚にとって大事な日課だ。客に喜ばれるような可愛いポーズを考えている自分が少しおかしくなってくるが、それも仕事のうちである。渚がそうやって頑張っていれば、店も儲《もう》かるし、上小路の手助けにもなる。

オレのやってること、間違ってないよね？

渚は今日も猫じゃらしを捕まえるふりをして、子供の客と遊んでやった。子供はもちろん大喜びだ。

その間、『渚』は店の隅でおとなしくしている。気になるのは、最近いつも居眠りしていることだ。今までも始終ボンヤリしていたが、こんなに眠ってはいなかったような気がする。

渚が夜働いているせいだろうか。眠いなら、わざわざ店に来なくても、家にいればいいのに。しかし、チャーはとても淋しがりやで、留守番が苦手なのだ。上小路はテーブルに突っ伏している『渚』に何度か声をかけた。

恐らく、バックヤードにあるソファで寝たらと言っているのだろうが、『渚』は首を振る。上小路はそんな『渚』の頭をポンポンと叩いた。

チャーは人間になると、性格が大人しくなるのか、上小路を嫌がらない。『渚』は彼の顔を見上げて、何かをねだる表情になった。

「アイス？　アイスが欲しい？」

『渚』はこくんと頷く。上小路は『渚』の頭を撫《な》でると、アイスクリームを持ってきた。

『渚』は笑顔になるが、やはり元気がないように見える。

どこか悪いのかな。いや、それ、オレの身体《からだ》じゃん。

確かに人間の身体に戻ると、渚もとてもきつかった。猫の身体は軽く、人間の身体は重いから、重力の違いを感じるせいかと思っていた。しかし、それだけではないようだ。

やはり、原因は睡眠不足……？

チャーの身体は夜ぐっすり眠っている。だが、渚の身体は熟睡する時間がない。もっとも、渚からすると、チャーが『渚』のときに家で寝ていればいいのだ。用もないのに上小路にくっついてくるから、こういうことになる。

チャーがこれで人間なんてこりごりと思ってくれれば、渚も無事、人間に戻れるのだが。けれども、チャーは渚の思うようには動いてくれない。自分達は同じふたつの身体を時間制で共有しているというのに、やはりチャーはチャーで、渚は渚でしかない。

ああ、神様……。そろそろオレ達を元に戻してください！

そうしないと、渚の身体がもたない。

渚の考えでは、あくまでチャーが遠慮《えんりよ》すべきだと思っていた。自分がバイトをすることが間違いだとは思わない。

ある夜、渚はアルバイト中に具合が悪くなり、倒れそうになった。二人一組の勤務になるので、相手に断り、早く家に帰った。

『家』といっても、実家ではない。だが、当面、渚の家はここだけだった。家族には心配しなくていいと連絡を入れたものの、帰る気はないからだ。

リビングの灯りをつけて、溜息をつく。シャワーをさっと浴びて、リビングにまた戻ると、そこには上小路がいた。

「えっ、もう起きたんだ？　なんかうるさかった？」

「いや……。まだ寝てなかったんだ。今夜は帰ってくるのが早かったんだね？」

「ああ、あの……」

「具合が悪かったんじゃないか？　顔色がよくないよ」

渚は肩をすくめた。顔色が悪いのは判《わか》っている。しかし、ただ寝不足なだけだ。

「ごめん。ちょっと眠いだけなんだ。眠ったらよくなるよ」

「そりゃあそうだ。君はほとんど寝てないんだから。好きなようにすればいいと放置してきたが、これ以上はダメだ。バイトはやめたほうがいい」

「冗談じゃない！　オレは働かなきゃいけないんだ」

「どうして無理してまで……」

「少しでも役に立ちたいからだよ」

上小路は眉《まゆ》をひそめた。

「役に立つ？　まさか僕の役に立ちたいということ？」

ひどく不思議そうに訊かれて、渚は妙に腹が立ってきた。自分が怒る筋合いではないと判っていても、疲れているからムッとする。

「まさかって……そんなにおかしいことかな？　オレはただで居候して、あんたの世話になって……。食事代すら払ってない。せいぜい家事の手伝いをするくらいで、ほとんど役に立ってない。せめてバイトをして稼《かせ》ごうとするのが、悪いことかよ？　そんなの……当たり前のことだろう？」

言いたいことをガツンと言ったつもりだが、上小路はポカンとしている。渚の気持ちが伝わっていないのだろうか。

「別に僕は……役に立ってもらいたいとは思っていないよ。生活費を払えとも思わない」

「今はそうかもしれないけど、これからどうなるかは判らないだろう？　邪魔な奴だと思われて追い出されるくらいなら、今のうちに役に立っていると思われたいんだ」

「ああ……そうか。そういうことなのか」

上小路はやっと判ったという顔をして、ニヤリと笑った。

「つまり、君は僕に嫌われることが怖いんだな？」

渚は言葉に詰まった。彼の言うことが変な意味に聞こえてきて、弁解したくなってくる。

「……いや、そういうことじゃなくて……」

「そういうことだろう？　僕にも人に嫌われたくないという気持ちは判る。誰だって、人に好かれたい。人間として当たり前のことだと思うよ」

彼に自分の気持ちを肯定してもらい、渚は少しほっとした。

もしかしたら……怖がらずに話してみれば、彼は渚の不安を理解してくれるかもしれない。

そんな気がして、上小路を見る。彼はにっこり笑った。

「とりあえず……ソファに座るといい。コーヒーでも飲まないか？　君の言いたいことをちゃんと話せばいい」

「あ……うん。ありがとう」

彼はニヤニヤしながら、コーヒーメーカーをセットしている。こんな夜中なのに妙に機嫌がいい。ほどなくして、部屋にコーヒーの香りが漂ってくる。

「はい、どうぞ」

手渡されたマグカップのコーヒーには、ミルクと砂糖が入れてある。上小路は渚の好みを覚えてくれていた。

「あのさ。どうしてそんなに嬉しそうなんだ？」

彼はダイニングテーブルの椅子《いす》を引っ張ってきて座った。

「野良猫《のらねこ》を手懐《てなず》けた気分だからかな。拾った猫が、いつの間にか僕に嫌われたくないと思っている」

「オレは猫じゃないよ。時々、猫になるけど、人間だから」

「判っている。だけど……渚君も僕が拾ったようなものだから、責任を感じるよ」

彼は本気で渚を野良猫だと思っているのだろうか。渚は戸惑った。

「責任なんて……あんたにはないよ。オレは大人の男だし」

「君が僕に責任なんて感じてほしくないことも判っている。そりゃあ好きで居候しているわけではないから、居心地は悪いと思う。でも、僕から言わせてもらうと、君はとても役に立ってくれているよ」

「えっ、どこが?」

「君はチャー以上の猫ホストだ。そのサービス精神のおかげで、客がとても喜んでいる。まるで人間の言葉が判るかのようにポーズを取ってくれたり、膝にのってくれたりすると、またここに来たいと思う。それに……君は他の猫みたいに僕を嫌っていない。そして、チャーは君と入れ替わると、僕を頼ってくれる。チャーは本当に僕にはツンデレだから」

チャーはツンデレというより、ツンツンだったようだが、上小路はわずかなデレも見逃さなかったのだろう。

それにしても、上小路が猫カフェでの渚の行動をそんなに観察しているとは思わなかった。接客したり、他の猫の様子を窺《うかが》ったり、もしくは『渚』に構ったりしているだけかと思っていた。

渚は自分の頑張りを上小路が認め、褒《ほ》めてくれたのが嬉しかった。

「だけど、僕は猫が役立つから好きなんじゃない。猫に何か恩返ししてもらいたいとは思わない。何をしてくれなくてもいいんだ。そこにいるだけで嬉しいし、存在そのものが好きなんだよ」

「それは……猫の話だろ？」

「人間も同じだ。君は友人を役に立つか、立たないかで分類するのか？」

渚は驚いて、首を横に振った。

「まさか！　そんなことしない！」

「そうだろう？　だから、僕は君がここにいてくれるだけでいい。嫌いになったりしない。邪魔にも思わない。それくらいなら、最初から君の面倒を見ようとは思わないよ。だって、君には実家があるんだし、さっさと追い出していた」

渚は上小路の顔をじっと見つめた。

彼が本心でそう言っているのかどうか、よく判らなかったからだ。けれども、彼の言葉がだんだん自分の中に浸透していく。

そうだ。彼は最初から、明らかに様子のおかしい『渚』を連れ帰った。靴《くつ》も脱がせてくれたし、食事も与えようとしていた。それは、きっと見捨てられなかったからだ。

最初はどこまで世話を焼くつもりだったか判らない。しかし、渚とチャーが入れ替わっていることに気づき、それから渚を助けると、彼は決めたのだろう。

一時的に戻ったとき、彼が淋しそうな顔をしたのも、つまりそういうことだ。ずっと面倒を見ようと思っていたのに、いなくなるのが本当に淋しいと感じてくれたからだ。

出会ってから今まで、渚の知る限り上小路は嘘をつかなかった。いや、彼だって必要とあればそうするかもしれない。けれども、こういった真剣なことで嘘はつかないと思う。

猫をもらい受けにきた親子に、彼は話しかけていた。

『都合のいいときにだけ可愛《かわい》がるペットではなく、家族の一員にしてください』

渚は上小路の言いたいことが、やっと理解できた気がした。

「あのさ……チャーは上小路の家族なんだろう？」

「そうだよ」

「ひょっとして……オレもそうなのかな？　あんたはそう思ってくれている？」

彼は優しく微笑《ほほえ》んで頷《うなず》いた。

彼はそこにいるだけでいいと言ってくれたのだ。家族なら、役に立たなくてもそれでいいのだと。
たとえば病気にかかって、迷惑をかけたとしても、彼は受け入れてくれるだろう。そして、それで渚を嫌ったり、迷惑だと思ったりすることはない。
渚は胸が熱くなって、ほろりときた。泣きそうになるけれど、ここで泣いたりしたら恥ずかしいので、ぐっと堪《こら》える。
「オレの家族は……そういう感じじゃなかった。オレはずっとありのままの自分を受け入
れてもらえなかった。だから、期待に応えて、もっと素晴らしい子供にならなくちゃいけ
ないと思っていた。『いい子』でいれば、みんなが笑ってくれると思って……」
渚は家族のために成績優秀でいようと思っていた。だが、本当は自分のためだった。家
の中に流れる不穏な空気や憎悪や嫌悪やいろんなものの中にいて、自分だけは傷つきたく
なかった。自分を守るために、誰からも嫌われたくなかっただけだ。
結局、渚の家族は全員バラバラで違う方向を向いていたのだろう。
「僕は家族だから、君が睡眠不足で疲れ切っているのを見たくないんだ。そんな必要はな

い。もし働くべきだというなら、君はもう猫ホストとして立派に働いているじゃないか」

彼はそれだけでいいと言ってくれている。

渚は彼に対して恩義を感じているし、やはり恩返しをしたいという気持ちを持っている。

けれども、それは睡眠不足になって倒れそうになるまですることではない。

上小路遥一はオレの初めての家族だ。

もちろんチャーも。

血が繋《つな》がっていることがすべてではない。もちろん、いつか本当の家族に対して、ちゃんと向き合えるときが来るかもしれない。だが、今は、この家族と暮らしていきたい。生活を共にしたかった。

「ありがとう……。なんか照れるけど、嬉しいよ」

上小路に何かあったら、今度は自分が力を貸そう。自分にできることなら、なんでもしよう。しかし、それは貸し借りの問題ではなく、そうしたいからだ。

渚とチャーの入れ替わり生活がいつまで続くのかは判らない。早く元に戻ってほしいと思っているが、それまでここに厄介《やっかい》になろう。

そうだ。いつかその日が来るまで、オレは彼らの家族になるんだ。

渚はそう決心した。

翌朝、目を覚ました渚は朝食を作った。

上小路に作ってもらうばかりではなく、最近は自分でも料理をするようになった。といっても、簡単なものしか作れないが。

上小路と二人で食事を摂《と》り、後片付けをする。上小路はチャーにちょっかいをかけては、猫パンチを受ける。それは彼らの日課だが、ひょっとしたら愛情を確認する作業なのかもしれない。

八時になり、渚の意識が薄れていく。キッチンにいたはずの自分はリビングにいて、目の前には上小路の膝がある。

いつものように猫になった渚は、改めてチャーの目線で上小路を見上げた。

彼は家族だって言ってくれた……！

急に喜びが込み上げてくる。彼に感謝の気持ちを表すため、膝に飛び乗ってみた。

チャーは絶対にしないことだから、渚が代わりにやってみた。きっと、彼は喜んでくれると信じて。

顔を見ると、確かに彼は喜んでいた。

「チャーちゃん！　やっと僕の気持ちが通じたんだね！」

彼は渚を抱き上げると、キスをしようと顔を寄せてきた。

チャーと間違えられている！

「チギャウ（ちがーう）！」

渚はキスされる前に、容赦《ようしゃ》なく彼の顎《あご》に猫パンチを繰り出した。

「えっ、渚君？　なんだ……」

彼は落胆《らくたん》したものの、気を取り直して、渚を抱き締めてきた。

「可愛いなあ。チャーちゃんもこんなふうに可愛かったらいいのに。ああ、可愛くてたまらないなあ」

彼の言葉に反応したように『渚』がキッチンからやってきた。

『渚』は上小路の隣で膝をつき、自分も可愛がれというふうに身体《からだ》を擦りつけてきた。彼はふっと笑って、渚を抱っこしながら、『渚』の肩にも手を回した。

そして、満足そうに言う。

「よし。捕まえた！」

他人が見たら、二人と一匹の関係はどんなふうに映るのだろう。上小路は父親みたいだが、そういう年齢ではないから兄だろうか。

だけど、そんな枠《わく》に当てはめなくてもいい。

先のことは判《わか》らない。それでも今は、二人と一匹は家族なのだ。

「さあ、猫カフェへ行くぞ！」

渚はそれなりに幸せだった。

番外編　チャー子猫物語

ずーっとずっと昔。今も覚えてる。

それはチャーがまだ小さかった頃のこと。


雨が大きな音を立てて降っていた。ミャアと鳴いてみても、たちまち雨音にかき消される夜だった。

全身がずぶ濡れで、寒くてブルブル震えている。

どこか雨が降らないところに行きたかった。

あったかくて、乾いていて、柔《やわ》らかいところ。おいしい食べ物があるところ。

お母さんはいなくなってしまった。優しくて温かくてふわふわで、それからミルクの匂《にお》いのするお母さん。

お母さん、どこ？

ミャアミャア鳴いて、耳を澄ませてみたけれど、誰も応えてくれない。ただ、雨の降る音が聞こえるだけ。

それから、車の音。

車は怖い。嫌い。大きな音がするから。

ねえ、お母さん。どこにいるの？

ふわふわの毛玉のような兄弟たちもいなくなった。みんながいなくて淋しい。

声の限りにミャアミャアと鳴いてみる。

「子猫じゃないか」

目の前に現れたのは、大きな人間だった。

人間、怖い。危ない。

逃げようとしたけど、捕まってしまった。爪《つめ》を立てて抵抗する。そうしたら、きっと逃げられるから。

だけど、その人間は手から血を流しても離してくれなかった。人間は着ていたものを脱いで、包んでくれた。

少しだけあったかい。

布に包まれると雨が当たらない。まだ寒くてブルブル震えてるけれど、少しだけ気分がよくなってくる。

そう。ほんの少しだけ。人間は怖いから。

布に包まれているうちに、いつの間にかウトウトしていた。目が覚めると、あったかくて乾いたところにいた。

雨の音が遠くに聞こえる。

ここは……人間のおうち？

人間の住処《すみか》はとても気持ちがよかった。

「おまえは泥だらけだね。洗わないと」

狭いところに連れていかれた。突然、シャーと音が聞こえて、驚きに飛び上がる。人間の住処にも雨が降っている。いきなりその雨が身体《からだ》に当たったので思わず、人間の手に爪を立ててしがみついた。

この雨、あったかい……。

気持ちいい。でも、濡れるのキライ。

変な臭《にお》いがするものを塗りつけられ、それからまたあったかい雨が身体に当たる。やっと終わったかと思うと、今度はあったかい風をかけられた。

大きな音がする。怖い。キライ。

でも、あったかい風に当たっていると、眠くなってきた。

しばらくして、ふと気づいたら箱の中にいた。身体がやっと入るくらいの小さな箱だ。乾いていて、柔らかい布が敷いてある。

ここ、スキ。気持ちいい。

ウトウトしていると、人間がやってきた。

「猫用のご飯だよ。わざわざコンビニから買ってきたんだからね」

おいしそうな匂いがする。鼻がピクピク動く。

「ほら、ご飯だよ。出ておいで」

声をかけられ、居心地のいい箱から出された。箱の中に戻りたかったけど、食べ物が入った皿を見つけて、そこに走っていく。

これ、ボクのもの！

誰にもやらない。人間に取られないうちに食べてしまおう。

人間はクスクスと笑った。

「誰も取ったりしないよ。ゆっくり食べなさい」

喉《のど》が渇《かわ》いた。水が入った皿を見つけて、飲んでみる。

「トイレはここにするんだよ。明日、ちゃんとしたトイレや猫砂を買ってくるから」

人間はさっきより大きな箱を見せた。中にはちぎった紙がいっぱい入っている。触ってみるとガサガサ音がするから、面白くてずっとガサガサ音を立てる。

「こら、遊ぶところじゃないったら」

遊んだら、また眠くなってくる。

人間の住処はすごく居心地がいいから。

眠りに落ちる前に、人間に抱き上げられる。目の前に人間の顔がある。怖い。

「今日からおまえはここで暮らすんだよ」

優しい声の調子を聞いて、少し安心する。

本当に少しだけ。まだ怖い。

「もう雨の降る夜に、寒い思いをしなくてもいいんだ。お腹を空かせて、食べ物を捜し回らなくてもいい。今日からうちの子になるんだから」

人間に頭を撫《な》でられる。気持ちいい。少し安心。まだ少し怖い。

「おまえの名前を決めなくちゃね。茶トラだから……チャー。今日からおまえはチャーだよ」

人間に抱かれたまま、柔らかくてふわふわの大きな場所に連れていかれる。

これは……ナニ？

人間がそこで横になる。あったかい布が上からかけられて気持ちいい。人間のお腹の上で丸くなると、どんどんあったかくなってきて……。

お母さんみたい。

眠くなってきた。

ずっとここにいられる？　この気持ちいいところにずっといられる？

人間、もう怖くない。キライ……でもない。

「チャーちゃん……おやすみ」

人間はあったかくて気持ちよくて、それからおいしいものをくれる。

それから、優しい声で『チャー』と呼ぶ。だから、ミャアと小さい声で返事をした。

人間……スキ。


目が覚めたら、人間はまだいた。

横にいる。スースー寝息を立ててる。

お腹が空いた。すごくすごく。

ミャアと鳴いてみた。でも、人間は起きない。もう一度、鳴いてみたけど、目を開けてくれない。

人間がずーっと寝たままだったらどうしよう。

起きて、起きて、起きて！

目を開けてほしくて、顔に飛び乗った。すると、人間がガバッと起き上がるから、パッと飛び退く。そして、ミャアミャアと鳴いた。

何か食べたい。お腹が空いた。

「なんだ、猫か……」

人間はほっとしたような声を出した。

だけど、すぐに声の調子を変えて、話しかけてくる。

「チャーちゃん、おはよう。よく眠れた？」

優しく声をかけてくれたから、またミャアと鳴く。

「そうなんだ？　よかったね。ここは君の家だから、ずっとここにいていいんだよ」

人間の大きな手で抱き上げられ、頬擦《ほおず》りをされた。

違う。何か食べたいの！　昨日のごはん！

頬に爪を立てると、慌てて人間は放してくれた。

「頬擦りは嫌？　そんなに睨《にら》まないで。……いや、睨んでるところも可愛《かわい》いなあ」

人間は手を伸ばして、頭を撫でてくる。

お腹が空いたんだってば！

手から逃れて、指を噛《か》む。

「痛っ。チャーちゃん、僕のこと嫌い？　一緒に寝たじゃないか」

人間はぶつぶつと言いながら、寝床から起き上がる。

「やっぱり野良猫だと懐かないのかなあ。でも、食べ物には弱いよね。よし、食べ物で釣ろう」

人間が歩いていくのを後からつける。食べ物のありかが判《わか》れば、人間に頼らなくても自分で手に入れられるからだ。

でも、人間は何か丸くて小さくて硬いものの中から、魔法みたいにさっと昨日と同じごはんを皿に出した。

どこから、ごはん出してきたの？

柔らかくて、おいしいごはん。

目の前に置いてくれるから、慌ててかぶりつく。人間に取られたくない。これはボクのもの。

人間はそっと頭を撫でてきた。

食べてるときに触らないで。でも、そんなことより今はお腹いっぱいになりたい。

「健康的な食べっぷりだね。そんなに飢えてたんだね。可哀想《かわいそう》に」

食べ終わると、さっと狭いところへ避難する。ここなら人間は頭を撫でにこない。顔を洗い、毛づくろいをすると、なんだか落ち着いてくる。

その間に、人間は寝ていたときとは違うものを着ていた。最初に会ったときみたいな格好をしている。

ひょっとして……外に行くの？

「チャーちゃん、出ておいで」

人間、どこかに行っちゃう。

お母さんみたいにいなくなってしまうかも。

テーブルの下から飛び出していって、人間の脚にしがみついた。

絶対に絶対に離れないいんだから。

人間は屈んで、チャーの背中を優しく撫でた。

「チャーちゃん、僕は仕事に行かなくちゃ。チャーちゃんのためにいろんなものを買ってくるから、いい子で待ってるんだよ」

イヤーッ！　行かないで！

声を限りに鳴いてみると、人間は困った顔をしていた。

「ここには僕以外の人も住んでいるんだよ。まあ、みんなとは離れているけど、声が聞こえたら、野良猫なんか拾ってきてって文句を言われそうだな」

人間に抱っこされて、ようやく鳴くのをやめる。

ずっと傍にいて。

でも、嫌なときには触らないで。

「あったかいね、チャーちゃん。ふわふわで可愛くて……。猫っていいな」

優しく背中を擦られて、気持ちよくなってくる。

人間っていいな……。

また眠くなってくる。お腹がいっぱいになったせい？

一緒に寝ようよ。あったかいところで。

ねえ……いいでしょ？

小さな箱の中に寝かせられて、丸くなる。起きていたいけど、もう目が開かない。すうっと吸い込まれるみたいに眠ってしまった。


目が覚めると、箱の中にいた。人間はどこにもいない。

嘘……。

傍にいない。どこかに行っちゃった。

どこ？　人間、どこ？

箱から飛び出して、いろんなところを捜してみたけど、どこにもいない。淋しくて呼んでみたけど、現れてくれなかった。

ここは雨も降ってないし、寒くもない。でも、呼んでもひとりぼっちなのはイヤ。悲しくなって、箱の中に戻って、柔《やわ》らかい布の上にうずくまる。ここだけが安心できる。

お母さんが恋しくなってくる。人間でもいい。ここにいて。

しばらくして目が覚めたけど、まだひとりぼっちだった。心細い。でもこの部屋にも少し慣れてきた。

あちこちウロウロしてみる。

飛び上がれるところがあれば、上がってみる。遊べるものは遊んでみる。かじれるものはかじってみた。

つまんない。お腹空いた。

人間が食べ物を出す、小さくて丸くて硬いものを見つけて、かじってみたけど、どうしても中身が出てこなかった。

おいしいごはん食べたいよー。人間、また来るかな。

人間の寝床に飛び乗ってみる。人間の匂《にお》いがして、あったかいお腹の上で眠ったことを思い出した。

まどろんでいるときに、何か音がした。

パッと起き上がると、人間がたくさん何か持って、帰ってきた。

さーっと駆けていって、出迎える。人間は優しく抱っこしてくれる。

「ただいま、チャーちゃん。淋しくなかった？」

人間が現れて、ほっとする。そして、お腹空いた。

ミャアと鳴くと、人間は頰擦りを始める。

だから、お腹が空いたんだって！

それに、顔は近づけてほしくないんだってば！

腹立ちまぎれに前脚で叩くと、人間は嬉しそうな顔をした。

「猫パンチだね。小さな前脚で可愛いね！」

痛くないの？　人間、喜んでる。叩かれると喜ぶの？

「もしかして、お腹が空いてるのかな。ごはんあげようね。今日はカリカリを買ってきたんだ。チャーちゃん用のお皿もトイレもトイレの砂も。ほら、ふかふかのベッドもおもちゃも……」

そんなのどうでもいいから、早く！　ごはん！

不機嫌そうに鳴いてみせると、ようやく新しいお皿に新しいごはんが出された。

何これ！　変なの。食べられる？

匂いを嗅《か》いでみると、食べられそうな気がする。口に入れて噛むとカリカリ音がする。

おいしい。やっぱり人間、スキ！　ごはん大スキ！

食べている間に、人間は持ってきたものを包みから出している。

「ほら、ここがトイレだよ。ト・イ・レ。判るかなあ？」

中には砂みたいなものが入ってる。そこに一度入ってみて、また出てみた。居心地はいいし、この砂の中にいるのは楽しそう。

人間は食べ物をくれたり、いろいろ面白いものを出してくる。

ひょっとして、鳴いてみたら言うことをなんでも聞いてくれる……？

だったらいいなあ。

「こっちは……ほら」

目の前に小刻みに動くものが現れた。本能的にさっと目で追い、前脚で摑《つか》もうとしたけれど、それはすぐに逃げていく。

何？　こいつ、何？

懸命《けんめい》に飛び上がり、飛びつき、いろいろやってみるけど、なかなか捕まえられない。

疲れた……。

「眠いの？　チャーちゃん？」

最後はふかふかの場所に寝かせてくれる。人間が持ち帰ってきたものだ。箱の中も人間の寝床もあったかくて好きだけど、これはもっと気持ちいい。

思わず前脚でそこを揉《も》むと、お母さんのことを思い出す。

お母さんはいないけど……。

人間がいればいいよ。

ウトウトしていて、また目が覚めると、人間は隣にじっと座っていた。手に持った何か四角い平べったいものを熱心に見ている。

「起きた？　僕は昔から猫が好きだったけど、なかなか飼えなくて。許してもらえなかったんだ。でも、今はいい大人だし、誰が反対しようが関係ない。チャーがここにいてくれるなら、猫のことを勉強しようと思って、いろいろ調べてるんだ」

伸び上がって、平べったいものを見てみる。何が面白いのかさっぱり判らない。

さっきの動くやつのほうがずっと面白い。辺りを見回すと、それが転がっている。さっと駆けていって、ぱっと前脚で捕まえる。

あれ……？　捕まえられたよ！

もう二度と逃げていかないように懲《こ》らしめてやろう。両方の前脚で押さえながら、噛んでみる。

「可愛《かわい》いなあ。本当に可愛すぎる！」

人間は平べったいものをこちらに向けた。何か変な音が何度もするけど、気にしない。

「いい写真が撮れた！　ああ、動画で撮るべきだったかな」

人間は一人でぶつぶつ言いながら、こちらにまた平べったいものを向けた。でも、いつまでも同じことをするのは飽《あ》きたから、今度は砂の中に入っていって、蹴散《けち》らかした。

「ちょっと……チャーちゃん！」

くるりと振り向くと、人間はたちまち蕩《とろ》けるような顔になる。

「その顔もポーズも可愛い！」

よく判らないけど、人間はきっと言うことをなんでも聞く動物なのだ。いや、みんながそうじゃない。やっぱり怖い人間もいる。

でも、この人間は……。

いいヤツ。スキ。

ここにずっといよう。そうしたら、もっともっとおいしいものが食べられて、あったかいところで寝られるに違いない。

人間の寝床を見る。

そこで寝たい。人間のお腹の上で。

あったかい人間の傍で。

「チャーちゃんを見てると……嫌なことは何もかも忘れるよ。猫っていいな。本当に……」

人間の声はどこか淋しげで……。

見上げると、人間は少し笑った。

淋しいのかな。それとも、悲しい？

膝に飛び乗って、丸くなる。そうすれば、人間も淋しくないはず。あったかくなって、幸せになるはず。

「チャーちゃん……可愛いね。大好きだよ」

優しい声を聞きながら、また眠くなってくる。


ずっとずーっと覚えてる。今も忘れてない。

チャーは人間がスキ。優しい声の人間はスキ。

第二話　チャーの大好きな人

1

人間が猫に期待するものは、一体なんだろう。

一日の半分を猫として過ごす渚《なぎさ》は、猫ホストとして働きながら、何度もそんなことを考えていた。

「チャーちゃん、おやつよ。おいで」

この猫カフェの常連客の一人である女性は満面に笑みを浮かべ、『チャー』に向かって猫撫《ねこな》で声《ごえ》を出した。

よく躾《しつ》けられた犬なら、おやつを見せられればお座りをして、お手やおかわりをするところだが、猫にはそんなことなど期待されていない。

渚はひょいと後ろ脚で立ち上がり、彼女が差し出す手を両方の前脚で抱え込んだ。そして、彼女の掌《てのひら》に載っている猫のおやつを食べてみる。

「可愛《かわい》い！　見て、このポーズ！」

女性は泣き出さんばかりに感動している。女性の友人も興奮して、携帯で動画を撮っていた。渚は本物の猫ではないから、猫用のおやつなど本当は口にしたくない。けれども、これは『仕事』なのだ。自分の食い扶持《ぶち》を稼《かせ》ぐためには、猫ホストとして客を接待しなくてはならなかった。

店のスタッフが着用しているのと同じエプロンをつけている上小路《かみこうじ》が、カウンターの向こうで渚の『働きぶり』を見て、満足そうに微笑《ほほえ》んでいる。

いや、渚の外見は今、彼の最愛の飼い猫であるチャーだから、単に『チャー』が可愛らしいポーズをしているということで、喜んでいるだけかもしれない。

上小路という男は、心の底から猫を溺愛《できあい》し、この猫カフェで多くの人に自慢の猫を愛《め》でてほしいと思っている。もっとも、ここにいる猫はみんな元野良猫《のらねこ》で、保護された猫だ。血統書つきの猫なんてものはまったくいない。しかし、みんな、上小路の寵愛《ちょうあい》の対象なのだった。

もちろん、一番愛しているのはチャーだ。そして、彼は臆面《おくめん》もなく毎日口にする。

『チャーちゃん、いつも可愛いね。大好きだよ。愛しているよ』

それも、ぞっとするような猫撫で声でだ。

そんなチャーは渚と入れ替わっていて、今は隅のテーブル席におとなしくついているが、渚がおやつをもらっているのを見て、心底、羨《うらや》ましそうな顔をしていた。自分の目の前にはプリンが置いてあって、今まさにスプーンで食べているところなのに。

とことん食い意地が張っている奴め！

渚はそう思うが、上小路にしてみると、それさえも愛《いと》しいらしい。渚にはさっぱり判《わか》らない。猫のことは嫌いではないが、特別に好きでもないからだ。

今でも思う。神様とやらに、一日の半分でいいから猫と入れ替わりたいなんて、願わなければよかったのに、と。

とはいえ、こうなってしまったのは仕方ない。上小路の猫カフェで猫ホストとして働くことしか、渚にはできないのだ。

一方、チャー……いや、『渚』は徐々に人間として進化を遂《と》げている気がする。

恐ろしいことに、人間の言葉を喋《しゃべ》るようになったのだ。

『アイス』『プリン』『クッキー』『ケーキ』……主に、食べ物に関することばかりだ。

上小路に食べたいものを言えば、甘い顔でくれるからだろう。そして、この店でただボンヤリしているだけだったチャーも、少しは働くようになっていた。

まだ『イラッシャイマセ』と『アリガトウゴザイマシタ』しか言えないが、一応、客に頭を下げるくらいのことはできる。そのうち、スタッフの女の子に混じって飲み物を運んだり、猫の世話をし始めるかもしれない。

もっとも、そうなったら……オレの身体《からだ》がだんだんチャーに乗っ取られているようで、気持ち悪いけど。

ああ、早くちゃんとした人間に戻りたい。

こうして猫として働きながらも、渚は毎日そう思っていた。

「いらっしゃいませ」

上小路の愛想のいい声が響く。

「イラッシャイマセ」

『渚』も声を合わせた。

店は猫が脱走しないように二重扉になっている。二番目の扉から入ってきたのは、上品そうな老婦人だった。髪は白く、少しふっくらとしていて、七十代半ばくらいだろうか。初めて見る客だ。だが、慣れた様子でスリッパに履《は》き替えているし、上小路はにこにこしながらカウンターから出ていって、彼女に話しかけている。

「正江《まさえ》さん、しばらく顔を見ませんでしたが、お元気でしたか？」

「実はね、ちょっと入院していたのよ」

その声を聞いた途端、部屋の奥にいた『渚』が飛び上がるようにして立ち上がった。かと思うと、ものすごい勢いで正江と呼ばれた老婦人のところに駆け寄り、彼女に抱きついた。

「な、なんなの、この人！」

正江は呆然《ぼうぜん》として、自分に抱きついている『渚』を見る。チャーは人間になっているのを忘れているらしい。

「いや、その、すみません。この子は僕の知り合いで……。チャ……『渚』君、正江さんが驚いているじゃないか」

上小路は狼狽《うろた》えながら『渚』を正江から引き離した。『渚』は不服そうな顔をして上小路を睨《にら》んだものの、自分が人間の姿をしていることに気がついたのか、肩を落として定位置に戻り、恨めしげな視線を正江と上小路に向けた。

「変わった子ね。まあいいわ。今日は可愛い猫ちゃん達に会いにきたんだから」

彼女は紅茶を注文すると、まっすぐ渚のほうへやってきて、目の前に膝をついた。そして、満面に笑みを浮かべて、甘ったるい声を出す。

「チャーちゃん、会いたかったのよ」

どうやら彼女はチャーがお気に入りらしい。

ああ……そうか。チャーのほうも彼女がお気に入りなんだな。

だから、『渚』は渚に険悪な視線を向けているのだろう。自分のお気に入りの人間を横取りされたと思っているのだ。

正江は『チャー』の頭を撫でた。渚は正江の手にじゃれつく仕草をした。すると、たちまち彼女の目が優しげに細められる。

彼女と親しげに接していれば、チャーの恨みを買うだろう。チャーは執念深いところがあるから、猫に戻った途端、復讐《ふくしゅう》しにくるかもしれない。

だけど、お客様を喜ばすのはオレの務めだから。

猫カフェに来る客は猫の自然な姿を見て喜ぶものだが、どうせならより愛らしい姿を見たいだろうし、じゃれついてもらいたいに決まっている。今まで渚が接してきた客はみんなそうだった。

チャーはこの店で人気ナンバーワンの猫だったそうだが、やはり客に愛想がよかったらしい。正江もまた、そんなチャーに魅《み》せられてファンになったのだろう。

渚はチャーに代わり、一生懸命《けんめい》に正江の相手をする。猫じゃらしに飛びつき、猫ならではの俊敏な動作を見せると、彼女は上品な笑い声を上げた。

最初はこうした仕草を意識的にして、客を喜ばせていたものだが、最近では猫のおもちゃを目の前で振られると、身体のほうが先に反応してしまう。なんだか本当に、自分の身も心も猫になっているようで、少し怖い。

一生、まともな人間に戻れない気がしてきて……。

いつかは猫にならない日が来ると信じているが、実際のところどうなのだろう。だいたい、どうして猫になったのかも判らないのだから、猫にならない方法も判らないのだ。神様が願いを叶えてくれる日を待つしかない。

ただ、これからのことは置いておいて、面倒を見てくれる上小路のためにも、猫ホストとして全力を尽くさないといけない。

渚は完全に猫になりきってしまう恐怖を頭の隅に追いやり、ただひたすら愛らしい『チャー』を演じ続けた。

一日の仕事が終わり、渚は上小路と『渚』と共に家に帰った。

もちろん、そこは上小路の部屋で、渚の家ではない。だが、上小路は渚とチャーを家族だと言い、ここは渚の家だとも言ってくれている。渚も彼の気持ちをありがたく受け入れ、ここでの暮らしに馴染《なじ》んでいた。

とはいえ、まだ完全に自分の家だと思えない。上小路のことは好きだが、本気でここが家だと思い込むのは図々《ずうずう》しいと思うのだ。

心のどこかで、区別はつけないと……。

もうすぐ人間に戻る時間が来る。渚は猫タワーに上って、壁掛け時計を見ながら身構えた。ふっと意識が薄れたかと思うと、渚は人間の姿になっていた。今日も元に戻れたとほっとしたそのとき、猫タワーから飛び降りてきたチャーの襲撃を受けた。

「うわっ」

上から降ってきた猫の爪《つめ》を避けるために、頭を腕で庇《かば》う。間一髪《かんいっぱつ》で間に合い、着ていたカットソーの袖《そで》が代わりに犠牲になる。

「チャー！　なんてことするんだよ！」

渚がチャーを叱《しか》ると、キッチンにいた上小路が飛び出してきた。

「一体、何が……？」

チャーは猫タワーに戻ると、こちらを睨みつけてくる。もちろん、こんなことをする理由は判っている。渚が正江に可愛がられていたのが気に食わないのだ。

「おまえだって、人間になってみたいと思ったんだろう？　だから、入れ替わったんだよ。つまり、責任はおまえにもあるんだ」

チャーはニャゴニャゴと鳴いている。どうも何か文句があるらしい。恐らく、正江に近づくなとでも言っているに違いない。

「仕方ないだろ。おまえはオレ、オレはおまえ。入れ替わっているのに、オレが知らんふりしたら、正江さんは傷つくんじゃないか？　『チャーはわたしのことを嫌いになったのね』とかなんとかさ。オレはおまえの代わりに正江さんの相手をしたんだぞ。そこんとこ、判ってんのか？」

　チャーは恨めし気に渚を見ていたが、攻撃はもうやめたらしい。だが、諦めきれずに一声、ウニャと鳴く。

　上小路はあっけに取られて、渚とチャーのやり取りを見ていたが、やがて噴き出して、大声で笑い出した。

「凄《すご》いね！　チャーちゃんと、完璧《かんぺき》にコミュニケーション取れてるじゃないか！」

　笑いながらも、上小路はどこか羨《うらや》ましそうだった。

　人間のチャーは心細いのか、上小路に頼っているが、猫に戻った途端、態度が冷たくなる。それに、人間になっているときも、チャーが上小路に伝えるのは食べたいもののことばかりだ。

　確かに、チャーからそんな扱いを受けている上小路にしてみれば羨ましいだろう。しかし、渚も別に好きでチャーとコミュニケーションを取っているわけではない。ただ、二人……いや、一人と一匹は一心同体みたいな間柄なので、相手の考えていることがすぐに判るのだ。

そう考えて、渚は嫌な気分になった。

猫と一心同体なんて嬉しくない。

上小路みたいな人間が猫になるべきだったのに。もしそうなったら、喜んで、他の猫へ擦り寄るに違いない。

「それで、チャーちゃんは正江さんのことで渚君に怒っていたんだ？」

「オレと正江さんが仲良くしていたのが気に食わないって。チャーは正江さんが好きなんだろう？　それなのに、オレの姿では正江さんに近づけなかったから、オレに怒りをぶつけていたんだ」

「なるほど。いや、君、チャーちゃんになりきってるじゃないか」

上小路は感心したように渚の頭を撫《な》でた。よく渚になったチャーを撫でているので、つい癖《くせ》が出たのだろう。彼は渚とチャーをかなり混同しているようだ。

「頭、撫でるなよ」

「あ、つい……ごめんね」

上小路はにこにこ笑いながら謝った。本気で謝ってはいないのは判るが、渚もそれ以上、文句は言わない。こちらもなんとなく慣れていたからだ。

「正江さんって、常連客？」

「そう。店をオープンしたときからのね。最近来ないから心配していたら、入院していたとはね。あの人、一人暮らしなんだ。通いの家政婦さんはいるけど」

「えっ、一人暮らしなのか……。七十歳は越えているよね」

年寄りの一人暮らしはいろいろ危険ではないか。渚は家出をする前まで祖父母と同居していた。彼らはとても元気だったものの、一人暮らしと家族と同居しているのとは違う。自分が正江の家族なら心配になるだろう。

「七十四だって、前に聞いたよ。資産家だったご主人を三年前に亡くして、一人で豪邸に住んでいるんだ。僕とチャーはそこに招かれたことがあってね。本格的な日本家屋だった」

「どんなに豪華な家でも、一人じゃ淋しいだろうね。子供はいないの?」

渚は正江が大きな家で一人ぽつんとしているところを頭に浮かべた。

自分の祖母はきつい性格で苦手だが、お年寄りには優しくしたいといつも思っている。渚は彼女に同情の気持ちを持った。

彼女は渚をチャーだと思って、愛《いと》おしげに見ていた。本当にチャーが好きなのだろう。子供を無条件で愛する母親みたいなあの雰囲気《ふんいき》を思い出すと、チャーが彼女を慕《した》う気持ちが判らないでもない。

「彼女には娘が二人いて、どちらも結婚している。でも、彼女が言うには、お金の無心ばかりしてくるらしい。もちろんこれは彼女の側の意見だから、娘には言い分があるかもしれないね」

渚は頷《うなず》いた。三世代の家族で暮らしていたので、それはなんとなく判る。たとえば、渚は祖母をきつい性格で口うるさく、あんな人と暮らすのはもう真っ平だと思っていたが、祖母にしてみれば、渚こそ家族の期待を裏切ったひどい奴なのかもしれない。

人は立場によって、見方が変わるものなのだ。

「あんなに優しそうな人が可哀想《かわいそう》だな……」

「うん、まあ……猫には優しい人だよ。たぶん僕達にも」

「えっ、どういう意味？」

上小路は少し笑った。

「いや、別になんでもない」

そんな言い方をされると気になってしまう。重ねて尋ねようとしたが、上小路は朝に干しておいた洗濯物《せんたくもの》を取り込むためにベランダに出ようとしている。どうやら詳しく説明する気はないらしい。渚は肩をすくめ、風呂掃除《そうじ》をすべくバスルームに向かった。

突然、上小路の大きな声が聞こえてきた。

「チャーちゃん！　ダメだよ、戻っておいで！」

渚は上小路の慌てた声を聞いて、バスルームから飛び出した。すると、上小路が真っ青な顔で廊下《ろうか》を走り、玄関へと向かっているのに出くわした。

「どうしたんだ？」

「ベランダから窓を開けたら、チャーちゃんがいきなり飛び出してきて、下に降りたんだ！」

つまり、チャーが脱走したのだ。上小路は手にしていた洗濯物を廊下に放り出して、玄関から出ていってしまった。

ここは二階で、前にもチャーは脱走したことがある。だから、上小路も窓の開け閉めには気をつけていたはずだが、それでも飛び出してきたということは、チャーはまだ正江のことで気が立っていたのかもしれない。

ということは、オレの責任……？

いや、そうではない。チャーは気に入らなかっただろうが、昼間は姿が入れ替わっているのだから、どうしようもないことなのだ。

しかし、渚もやはり少しは責任を感じる。戸締まりをして上小路の後を追った。

もしかしたら、またあの神社に行ったのかもしれない。今ならチャーも、人間になっておいしいものを食べたいとは思っていないだろう。まともな猫に戻りたくて神社にいる可能性はある。

渚は神社へ行ったが、どこにもチャーの姿はない。そもそも暗くてよく見えない。チャーの名前を呼んで、植え込みの中を覗《のぞ》いてみても、気配すら見つけられなかった。

じゃあ、チャーはどこに行ったんだろう。脱走して、どこに行きたかったのか……。

そうか！　チャーは正江さんに会いたいんだ！

猫の姿に戻ったから、正江は優しくしてくれるだろう。上小路はチャーと一緒に正江の家に行ったことがあると言っていた。正江の家の場所をチャーが覚えているかどうか判《わか》らないが、猫の勘はなかなかあなどれない。

野生の勘というやつで、辿《たど》り着いたかも！

マンションのほうに戻ると、うろうろしながらチャーを捜している上小路を見つけた。

渚が自分の予想を話すと、彼も頷いた。

「確かにそうかもしれない。念のため、行ってみよう」

2

正江の家は近所でも有名な豪邸だった。

渚も同じ町内に昔から住んでいるので、何度もこの前を通ったことがある。塀《へい》がとにかく長い。つまり敷地が広いということだ。門扉《もんぴ》は堅く閉ざされているが、当然だろう。こんなところで一人暮らししているなんて、危険ではないだろうか。もちろんセキュリティはしっかりしているに違いない。それでも、渚はこんな広い邸でお年寄りが一人暮らししているのを想像すると、なんだか悲しかった。

でも、猫好きなら、猫を飼っているかもしれないな。

防犯のためには犬を飼うほうがいいかもしれないが。

上小路がインターフォンのチャイムを鳴らすと、少しして女性の声がした。正江にしては若い声だから家政婦だろう。

「はい、どちら様でしょうか」

「夜分にすみません。上小路ですが、うちの猫、お邪魔してないでしょうか」

笑い声が聞こえてきた。

「チャーちゃんですか。来ていますよ」

　上小路がほっと息を吐き出した。渚も同様だ。

「鍵《かぎ》を開けますので、どうぞ中にお入りください」

　門扉のロックが解除されたので、渚も上小路と共に前庭へと足を踏み入れた。きちんと手入れされた樹木が何本も植わっていて、車が通れるほどの小道がある。そこを少し歩くと、立派な日本家屋が建っていた。

　玄関が開き、中年の女性がにこにこしながら、二人を待っていた。上小路は以前にも来たことがあるため、彼女とも顔見知りらしく挨拶《あいさつ》をした。

「こんにちは、キミさん。うちのチャーが押しかけてしまって、すみません」

「正江さんは喜んでますよ。でも、チャーちゃんは脱走したんですよね？」

「正江さんに会いたかったんでしょうね。今日は久しぶりに店のほうに見えたから、まだ一緒にいたかったのかも」

　問題は、猫カフェで正江の相手をしたのはチャーではなく、渚であることだ。チャーにしてみれば正江が恋しくて仕方なかったのだろう。脱走までするくらいだから、よほど彼女のことが好きなのだ。

　二人は中へと案内された。

玄関は広く、まるで旅館みたいだ。ピカピカに磨《みが》かれた長い廊下を歩き、ようやく茶の間に通される。正江以外にも、五十代くらいの女性が二人いる。どうやら正江の娘達らしい。二人の娘達はじろりと上小路と渚を睨《にら》んだ。

上小路と渚は彼女達にぺこりと頭を下げた。

「すみません。来客中に押しかけてしまいまして」

チャーはどこかと思えば、座椅子《ざいす》に座る正江の膝で丸くなっている。チャーは上小路と渚を見てニャーと鳴いた。やっと来たか、とでも言っているのだろうか。

まったく、人騒がせな。

正江はにこやかに二人を迎えた。

「ごめんなさいね。チャーちゃんが来てくれたのが嬉しくて。すぐ店のほうに電話すればよかったけど」

「こちらこそ、ご迷惑をおかけしまして申し訳ありません」

上小路は店ではなく、マンションのベランダから脱走したことを説明した。

「正江さんに会いたい一心で、脱走したんだと思います」

「まあ……嬉しいこと」

彼女はチャーの喉《のど》辺りを撫《な》でてやった。チャーはすっかりご満悦《まんえつ》だ。

おまえを捜して駆けずり回った上小路の気持ちも考えてやれよと、渚はチャーに言いたかった。渚自身は神社に行ったが、それだけだ。上小路のほうはかなり必死だった。チャーは頭がいいかもしれないが、猫は猫だ。事故に遭《あ》うかもしれないと思えば、血相変えて捜すのは当たり前だ。

正江はチャーを愛おしそうに撫でている。

「今、お茶を用意してもらうから」

「え、でも……」

上小路は無愛想な正江の娘達をちらりと見て少し迷ったようだが、正江に微笑《ほほえ》んだ。

「娘達のことは気にしないで。もう少しだけチャーちゃんを可愛《かわい》がりたいの」

かなり微妙な雰囲気《ふんいき》なので、家庭内で何かあったに違いない。勧められたとはいえ本当にいていいのだろうか。家政婦から出された座布団に上小路と渚は座った。変な空気の中、

「チャーも喜びます」

五人と一匹はテーブルを囲むことになる。

チャーはこちらを見向きもしない。本気で正江が大好きで、彼女に撫でられるのが至福の境地といった感じだった。

娘の一人が痺《しび》れを切らしたように正江に話しかけた。

「とにかく、考えておいてちょうだいよ。お母さん一人じゃ、ここは広すぎるでしょう？施設に入れば、スタッフがちゃんとお世話してくれるんだし、何も心配はいらないわ」

どうやら娘達は母親を施設に入れたいらしい。施設といってもいろんなタイプがあるが、正江のような資産家が入るのはかなりいいところだろう。確かに、そんなところなら何も心配せずにゆったりと余生を生きられる。娘達も安心できるから悪いことではない。

娘達がお金の無心ばかりしてくると正江は言っていたらしいが、そうでもないようだ。

正江は静かに首を横に振り、きつい調子で言った。

「あなた達は何度も押しかけてくるけど、わたしの返事はいつも同じよ。ここはお父さんの家。わたしが死ぬまでは売ったりしないわ！」

正江のことを優しく上品な人だと思っていたが、娘達にはかなり厳しい母親だったらしい。意外と気が強いのだろうか。

もう一人の娘は見知らぬ他人の前にもかかわらず、怒りを露わに正江に食ってかかる。

「でも、半分はお母さんが相続したけど、もう半分はわたし達のものでもあるわ。売りたいのよ。うちだって……いろいろ大変なんだから」

正江がきらりと目を光らせる。

「あなた達、大手の建売業者に売るつもりよね。ここを潰して、いくつもの土地に分割して、家を建てて……」

「それのどこがダメなの？　みんな、幸せになれるじゃない！」

「わたしは幸せじゃないわね。それに、あなた達は遺産をもらったはず……」

「税金やら何やらで飛んでいったわ」

もう一人がいいことを思いついたと口を開く。

「そうだわ。お母さん、生前贈与《せいぜんぞうよ》はどう？　わたし達、それくらいしてもらってもいいと思うけど？」

正江はじろりと彼女達を見る。手はせわしくなくチャーを撫でている。チャーも雰囲気が悪いのを感じ取っているのか、耳がピンと立っている。まるで、みんなの会話を聞いているようだった。

「あなた達が何をしてくれたっていうの？」

「お母さんが入院したとき、いろいろお世話を……」

「お世話はキミさんがしてくれたわ。あなた達はただ身内として書類を書いて、ハンコを押しただけじゃないの」

「……書類を書くのも大変なのよ」

「生前贈与なんて厚かましい！　今までだってさんざんお金をあげたのに」

「ちょっと、お母さん、お客さんの前で何を言い出すの」

「そうよ。わたし達が悪者みたいじゃない」

娘達は急に上小路と渚のことを意識したらしい。でも、それなら最初から生前贈与の話などしなければいい。事情は判らないものの、渚は腹を立てていた。

娘達が寄ってたかって、年老いた母親からお金を引き出そうとしているようにしか見えなかったからだ。

「生前贈与なんて、子供から親に要求することじゃないと思いますけど」

思わずそう発言すると、娘達からキッと睨まれた。

「何も知らないくせに口を出さないで！」

「……すみません。ただ……普通は親から子供に言うことかなって」

「もう！　とにかく、今日はもう遅いから帰るわね。今度、邪魔が入らないときに、ゆっくり話し合いましょう」

娘達はさっと立ち上がった。正江はチャーを抱いたまま、ふんと鼻で笑った。

「わたしの返事はいつも同じよ。こんなことばかり言うのなら、もう来ないでもらいたいわ」

「わたし達がいなければ、お母さんは一人なのよ。キミさんはよくしてくれるけど、身内じゃない。そこのところをよーく考えてね」

娘達はぷんぷん怒りながら、帰っていった。

遠くで玄関の扉が閉まる音が聞こえると、正江は重い溜息をつく。嵐が過ぎた後みたいに、急にしんと静かになった。

「ごめんなさいね。みっともなくて」

「家庭のいざこざはどこにでもありますよ」

上小路はにっこり笑う。正江もつられたように笑い、渚のほうにも目を向けた。

「ありがとう、わたしを庇《かば》ってくれて。お店では変な子だと思ってしまったけど、いい子なのね」

渚は照れ笑いをした。

「いえ、本当に何も判らないのに口出しして。失礼しました」

やがて、家政婦がお茶とお菓子を持ってきてくれた。

正江の膝の上で、チャーは再び寛いでいる。撫でてもらえるだけで幸せといった風情《ふぜい》だ。チャーにちっとも懐かれていない上小路はどんな気持ちなのだろうか。渚は隣に座る上小路をちらりと見た。しかし、彼は寛ぐチャーを見て満足そうにしている。

そういえば、上小路はチャーが客に懐いているといって、嫉妬《しっと》するような奴じゃなかったよな。

上小路がいつもカウンターの向こうで、渚の働きぶりを微笑んで見ていたのを思い出す。あれが渚でなく、本物のチャーでもあんな目で見ていたのかもしれない。

猫が誰かを癒《いや》している姿、というのがツボなのだろう。自分が癒されることだけでなく。渚は改めて上小路の懐《ふところ》の広さを感じた。彼は客あしらいも上手《うま》い。駅前とはいえ、あまり店のない住宅街に出店してそれなりに商売が成り立っているのは、オーナー店長の上小路の人柄もあるに違いない。

正江みたいな常連客には、名前を覚えて、親しげに話しかけているし。

猫好きすぎのヘンタイみたいなところもあるけどさ。

渚は改めて上小路のことを見直した。

ふと、渚はテレビを載せた台の左右や、背の低い家具の上などに所狭しと猫の写真が飾られていることに気がついた。よく見ると、一匹だけではなく、何匹もの猫の写真だ。同時期ではないかもしれないが、正江はかなり多くの猫を飼ってきたらしい。

けれども、今、ここに猫がいるようには思えない。猫を飼っていたら、チャーがこんなに愛おしげに撫でられているとは思えなかった。チャーとていくら正江が好きだとしても、脱走してまで来ないのではないだろうか。

「猫、飼われていたんですね」

思わずそう呟《つぶや》くと、正江は顔を上げて渚のほうを見た。猫カフェでの『渚』の行動のせいで、自分がおかしな男だと思われているのを思い出して、なんとなく顔が赤くなる。

「そうなのよ。何十年もうちには猫がいたわ。今まで何匹いたかしらね」

「今はどうして……」

個人的な問題に踏み込み過ぎている気がして、渚は口ごもった。

「どうしていないのかって？　それはね、わたしがもうトシだからよ。いつ死んでもおかしくないでしょう？」

「そんな……！　死ぬなんて……」

正江はフフフと笑った。

「今すぐじゃないにしろ、その可能性はあるじゃない？　わたしは猫を独りぼっちにしたくないの。わたしが先に死んで、猫を悲しませたくないのよ」

「あ……」

途方に暮れた猫の姿が頭に浮かんできて、渚は彼女の気持ちを理解した。猫になった身だから、それがリアルに判る気がする。

たとえば、上小路が死んだときのことを想像したら、淋しいなんて言葉では言い表せない。いや、上小路が自分の飼い主だと認めるのは、やはり嫌なのだが。

なんだかんだ言っても、渚は上小路に頼っている。半分猫なのだから仕方ないとはいえ、もし上小路が突然いなくなって、一人で置いていかれたら、不安な気持ちでいつまでも待つだろう。

自分は人間だから人の死を理解できる。けれども、本物の猫は訳も判《わか》らず、飼い主の帰りを待ち続けるのかと思うと……。

つい猫の気持ちに同化してしまい、渚は涙ぐんでいた。はっとそれに気づき、慌てて手で拭《ぬぐ》う。正江はそれを見て目を丸くしたが、やがて優しげに微笑んだ。

「本当にいい子なのね」

上小路はふっと笑って、渚の頭をぽんぽんと上から叩いた。

「そうなんです。おばあちゃん子だから、正江さんのことも気になるんですよ」

「まあ、そうなの」

正江が嬉しそうに笑うので、渚は再び照れ笑いをした。

実際のところ、渚は同居していた祖母のことはあまり好きではなかった。母にいつも厳しいことを言っていたせいだ。渚自身も小さいときから、あれこれ口うるさく言われていた。長男としての責任を一方的に負わされ、潰れてしまいそうだった。

だが、母方の祖母は好きなので、おばあちゃん子だと言っても間違いではない。

うん。そういうことにしておこう。

そうすれば、正江が店に来たとき、『渚』が少しおかしな行動を取っても、さほど変な目では見られないだろう。

膝にのるのは禁止だけど。それに、撫《な》でてもらいたいなんて素振《そぶ》りもしないでほしいけど。

上小路と正江は、猫がいかに可愛《かわい》らしくて頭がいいかという話で盛り上がる。渚はその話にはとてもついていけない。猫なんて、そんなに素晴らしい生き物でもないと逆に言いたかった。もちろん、猫好きの二人の前では絶対に言えないが。

チャーはまだ正江に可愛がられたいようだったが、夜も遅いので、もう帰ることにする。

「また、いつでもいらっしゃいね。チャーちゃんを連れて。もちろん渚君も」

渚はおまけなのだろうが、誘ってもらえて嬉しかった。

やっぱり、オレはおばあちゃん子なのかもしれないな。

「明日、またお店に行くわ。チャーちゃん、またね」

正江から上小路に手渡されたチャーは名残惜《なごりお》しそうにしていたが、一応は満足したらしい。

二人と一匹は正江に別れを告げて、帰途についた。

3

翌日の午前中、店に正江が現れた。

まだ午前の早い時間なので他に客はいない。時間帯によっては、猫と戯《たわむ》れるために来る客は少ないのだ。

『渚』は正江に気がつき、すぐにいつもの席から立ち上がった。そして、一目散に彼女の傍へ行き、挨拶《あいさつ》をする。

「イラッシャイマセ、マサエサン」

『渚』は新しく『マサエサン』という言葉をマスターした。渚が普段喋《しゃべ》るよりたどたどしいが、正江は特に気づかなかったようだ。

「渚君……だったかしら。昨日はあなた達と話をして楽しかったわ」

『渚』はニコニコしている。正江の言葉を全部は理解できていないようだが、とにかく彼女が好きでたまらない気持ちが顔に表れている。目がキラキラ光っていて、まるで正江に恋しているみたいだ。

正江さんに恋……。いや、それはさすがに困るけど。

おまえは一時的にオレの身体を使っているだけなんだと、チャーに言いたかった。言っ

たところでチャーは自分の好きなように行動するだけだが。

上小路もカウンターの中から出てきて正江に挨拶をする。

「昨日はチャーがお世話になりました。それから、僕達も」

「いいのよ。チャーちゃんにはいつでも来てもらいたいくらいだわ。でも、事故にでも遭《あ》ったら大変だから、そういうわけにはいかないわね」

「また遊びに寄らせてもらいます。チャーはあなたのことが大好きなので」

渚は猫タワーの上にいたが、それを聞いてさっと飛び下り、彼女の脚に擦り寄った。彼女は身を屈めて、嬉しそうに渚の頭を撫でる。

「チャーちゃん、本当に可愛いわね」

『チャー』が可愛がられているのを見て、『渚』は悲しそうな顔をした。昨日は不機嫌そのものだったが、チャーにも少しは渚のせいではないということが判ってきているのだろうか。きっと、一日の半分は人間だという悲哀を感じているに違いない。

いつもは隅のテーブルが『渚』専用の席なのだが、今日は正江の傍を離れない。上小路が『渚』の腕を摑《つか》んだ。

「君は戻ったら？　正江さんの邪魔になるだろうし」

「わたしはいいのよ。渚君がいたいのなら」

正江は『渚』に笑いかけた。

「こんなおばあさんと一緒に過ごしてくれるなんて、あなた、本当にいい子ね」

『渚』は嬉しそうに笑った。

しかし、どうして『いい子』と言われてしまうのだろう。渚は童顔だけれど、別に子供ではない。正江の年齢からすると子供みたいなものかもしれないが。

チャーは『いい子』呼ばわりでも嬉しいかもしれないけどね。

正江はソファに座り、『渚』も寄り添うように腰かけた。『渚』はそれだけで満足げな表情をしている。正江が注文した猫のおやつを受け取ると、渚だけでなく他の猫もやってくる。正江はチャーがお気に入りだが、他の猫にもとても優しく接している。

なんだろうなあ。この全身から発する猫好きオーラ。

渚は正江を観察しつつ、他の猫達がおやつに殺到するのを眺めていた。

この店に来る客はだいたいそうだが、正江は特にこのオーラが強いように思う。猫が生き甲斐《がい》だからだろうか。

彼女の娘達のことを思い出すと、それも仕方ない気もする。事情は判らないから、彼女達を一方的に責めるのは間違っている。けれども、やはり薄情な娘達のように、渚の目には映っていた。

家政婦が傍にいても、やはり淋しいだろう。正江にとっては、猫と触れ合うこの店が大事なのだ。

猫カフェって……人の役に立ってるよな。

ここには、いろんな人間が来る。ただの暇潰しに来る客もいるし、保護猫を取り扱っているから、猫を飼うために来る客もいる。そして、猫に癒《いや》されに来る客。それから、熱烈な猫ファン。

猫は幸せを与える存在なのかもしれない。つまり、猫カフェは幸せに満ちた空間だ。もちろん猫好きの人間にとってはだが。

「はい、チャーちゃんにも」

正江がおやつを差し出してくる。渚がぱくりとくわえようとしたその瞬間、『渚』が両手で正江の手を摑んだ。

「えっ」

正江は驚いて『渚』を見る。『渚』は自分が人間の姿であることを思い出して、慌てて両手を離して、狼狽《うろた》えていた。

「どうしたの？」

正江に訊かれたところで、答えようがないだろう。『渚』はただ笑みを浮かべた。正江は首をかしげたが、それ以上は追及せず、改めて渚におやつを差し出す。渚は『渚』がしょぼんと肩を落としているのを可哀想《かわいそう》に思いながら、おやつを食べた。

最近は猫のおやつにも慣れた。意外においしいと思ってしまう自分が嫌になるけれど。

正江は『渚』に話しかけた。

「あなたはここでアルバイトしているの？」

『渚』は頷《うなず》いた。正江の言葉の意味が判っているとは思えないが、とりあえず頷いてみたという感じだ。

正江は膝にのってきた他の猫を撫でた。

「わたしも若かったら、ここで雇ってもらいたかったわ。わたしが育った家にはずっと猫がいたの。猫が兄弟であり、友達だったのよ。結婚してからも猫との生活は続いたわ。娘達にとっても、猫は兄弟で友達だったのに……」

正江は遠くを見るような表情になった。

「娘達は大人になって変わった。いつもお金のことばかり言って……。お金のために、わたしの機嫌をとろうとする娘達が情けないのよ。そんなことを抜きにして、ただ孫を連れて遊びに来てほしいのに」

昨夜、娘達と言い争いをしていた正江だったが、やはり本心ではとても淋しいのだ。

その心情を彼女の娘達が判ってくれればいいのに。しかし、正江のほうも自分の気持ちをちゃんと娘達に伝えていないのではないだろうか。正江が娘達にきつい調子で話していたことを、渚は思い出していた。

正江は渚を見て、ふと微笑《ほほえ》んだ。

「わたしの話を聞いてくれているの？」

気がつけば、渚は正江の前に座り、彼女の独り言に耳を傾けていた。『渚』も聞いているものの、内容は判っていない。それでも、正江の悲しさは伝わるらしく、慰《なぐさ》めようとしてか、いきなり正江の肩に手を回した。

正江はそれに気づき、笑った。

「あなたは本当に優しい子なのね」

褒《ほ》められたのは理解できたようで、『渚』は嬉しそうに笑った。お気に入りの正江が笑ってくれればチャーも満足なのだ。

渚は仕事として猫ホストを務めているけれど、チャーは天然な猫ホストなのかもしれない。生まれつき、人を幸せにしたいと思っている。

中でも、正江のことが一番好きで……。

渚はチャーを少し尊敬している自分に気がつき、なんとも言えない気分になった。


正江は毎日、猫カフェを訪れた。

チャーがお気に入りの正江は、恐ろしいことに人間の姿をしたチャーも気に入ってしまったようだ。祖母のことをひたすら慕《した》う孫のように懐いているからだろうか。

ただ、『渚』の語彙《ごい》はあまりに少ない。たどたどしい発音で「マサエサン」と言うのを聞いて、正江も何かおかしいとは感じているようだった。何か訊いても、笑顔しか返せないこともある。だが、正江は適応能力が高いのか、すぐに『渚』のそういったところも受け入れていた。

やがて、渚が正江と出会ってから、十日ほど過ぎた。

いつも店に来るはずの正江が、今日は来なかった。『渚』はそわそわしているし、渚もなんとなく正江のことが気になり、落ち着かない。上小路も彼女を心配しているようだった。

「正江さんも七十四だからね。通いの家政婦さんがいるから大丈夫だろうとは思うけど、もし体調を崩して、また入院でもしていたら……」

上小路は正江の健康を心配していた。

とうとう正江が来ないまま営業時間は終わった。店を閉め、いつものように渚は上小路の肩にのせられ、『渚』と共にマンションに帰ろうとしていた。

辺りはもう暗い。最近はずいぶん寒くなってきている。

ふと、上小路は何かを見つけた。

「あれ、正江さん……？」

上小路が見ている方向を、渚も『渚』も同時に見る。そこには外出用の綺麗《きれい》な服を着た正江がいた。どこかに出かけていたようで、帰る途中らしい。けれども、どこかふらふらしていて様子がおかしい。

「正江さん！」

上小路は彼女のもとに駆け寄った。

「ああ……店長さん」

「気分が悪いんですか？　救急車を呼んだほうがよければ……」

「大げさね。少し休めば回復するわ」

「それなら、僕のマンションがすぐですから、行きましょう」

上小路は彼女が手にしていたバッグを持ち、彼女の身体《からだ》へ手を回した。『渚』は正江の不調に気づいて、おろおろしながら心配そうな目つきで彼女を見ていた。

「ごめんなさいねえ。じゃあ……ちょっとだけ休ませてね」

正江は上小路にもたれるようにして、なんとか歩いた。渚は上小路の肩にのっていたが、なんとなく居心地が悪く、『渚』の肩へ飛び乗る。『渚』は驚いていたし、迷惑そうな顔をしていたものの、渚を追い払ったりはしなかった。

自分とチャーが入れ替わっていることを考えると、なんだかシュールな感じだ。

オレの肩の上に、オレ自身がのっているってわけだ。

マンションに着くと、上小路は正江をリビングに案内した。

「大丈夫ですか？　横になったほうがよければ……」

「いいの。いいの。道端で気分が悪くなって心細かったけど、知ってる人に会ってほっとしたわ」

あの場所から正江の家までは少し距離があった。そんなときに具合を悪くしたら、かなり心細いだろう。そういうときに声をかけてもらったら、きっとほっとする。

「お茶でも淹《い》れますから、好きなように寛《くつろ》いでくださいね」

「本当にありがとうね」

正江はソファに腰を下ろして、大きく息をついた。渚はソファに飛び乗り、正江に寄り添った。正江の手が渚の背中を撫《な》でていく。

最初は猫みたいに撫でられることが苦手だったが、猫ホストの仕事をしていくうちに、そういったことにも慣れていた。どこを撫でられるとどう感じるのかという猫の気持ちも判る。

『渚』も渚とは反対側に座り、正江に寄り添う。

「ダ……ダイジョウブ？」

おおっ。チャーが新しい言葉をマスターしたぞ！

正江を心配する気持ちから覚えた言葉なのだろう。チャーがどんどん人間の言葉を覚えていくことが恐ろしくもあるが、それでも渚は感動した。

だって、なんだかチャーがすごくけなげで可愛《かわい》く思えてきて……。

ただの食い意地が張った奴だと思っていたのに。

「大丈夫よ。ありがとう」

『渚』はコクンと頷く。

やがて、上小路がお茶を持ってきた。正江はそれを受け取り、少し口をつけた。

「ちょっと遠出をしただけなのに、こんなに疲れるとは思わなかったわ」

「退院したばかりだからじゃないですか？　あまり無理しないようにしないと」

「そうね……。実は娘達が勧める施設とやらへ、こっそり見学に行ってきたのよ」

「正江さん……」

上小路は眉《まゆ》を寄せて何かを言いかけたが、口を閉じてしまった。上小路なりに言いたいことはあるのだろうが、渚のように簡単に口に出したりしない。分別《ふんべつ》というものをわきまえているからだ。

正江と娘達の関係について、やはり他人が口を挟むべきことじゃないだろう。しかし、あの大きな家で一人暮らしというのは、そんなにいいことだとは思えない。今はまだ元気だけれど、本人だって将来に不安を覚えているに違いないのだ。

先に死ぬことで、猫を悲しませたくないから飼わないと言っているくらいだから。

それに、自分亡き後に、猫がちゃんと世話してもらえるかどうかも不安なのだろう。お金のことばかり言っていた娘達が猫の世話を引き受けるとは思えない。

「思ったより、いい施設だったわ。あそこへ行けば、娘達にあまり迷惑をかけずに済む。そうなの……結局、遅かれ早かれ、あの家は売ることになるのよ。だったら、元気なうちに何もかも済ませておいたほうがいいのかもしれない」

上小路は一人掛けのソファに腰かけた。

「正江さんはそれでいいんですか？」

「できるだけ誰にも迷惑をかけずに死にたいから」

　彼女はすっかり弱気になってしまっている。病気になって退院したばかりで、娘達には施設に行けと言われて、一人で生きていく自信を失くしているのだ。

　そんな……！　まだこんなに元気なんだから、死ぬことばかり考えないで！

　渚は正江の手に自分の前脚をかけて、そう言った。……つもりだったが、ニャゴニャゴという猫語にしかならなかった。正江は優しい目をして渚の頭を撫でた。

「わたしを元気づけようとしてくれているの？」

『渚』は突然立ち上がると、キッチンへ行き、目についた袋菓子を持ってきた。そして、正江に差し出す。

　正江は驚いたようにそれを受け取った。

「えーと……食べていいよってことなのかしら」

　チャーは最大限の慰めを示したつもりなのだ。食い意地の張ったチャーが、正江に自分の好きなものを差し出したのだから。

　上小路は困ったように『渚』を見て、ごまかし笑いをした。

「そうです」

「渚君は……どうしたの？　ずっと気になっていたけど、なんだか前にうちに来たときと様子が違うみたい……」

「実は夜更かしをするタイプで、昼間は少しぼーっとしているんです」

「もうとっくに日は暮れているわよ」

正江は時計を見る。渚も時計を見た。上小路も時計を見る。チャーは時計を見ても時間を読めない。

ああ、そろそろ入れ替わる時間だ！

そう思ったとき、急に眩暈《めまい》がした。『渚』も突然しゃがみ込む。

「えっ、どうしたの？　ちょっと大丈夫？」

はっと目を開けると、渚は人間に戻っていた。ぱっと立ち上がって、笑ってごまかす。

「すみません。少し眩暈がしただけです」

正江は目をしばたたかせた。チャーと入れ替わると、どうしても雰囲気《ふんいき》が変わってしまう。やはり違和感があるのだろう。かといって、『渚』のようには振る舞えない。

でも、まさかオレとチャーが入れ替わっているなんて思わないよな。

そんなこと、誰も気づくわけがないのだ。

やっと猫に戻れたチャーは心置きなく正江の膝にのる。ごろりと横たわり、さあ撫でてくれと要求した。

「まさか……」

正江はそう言ったきり、渚とチャーを何度も見た。

「あなたとチャー、今、入れ替わったでしょう？」

渚はドキッとして、思わず首を横に振った。

「そ、そんなこと、あるわけないでしょう？　猫と入れ替わるなんて……」

声が上擦っているが、とりあえず否定しなくてはならない。ばれていいことがあるとは思えない。

だって、気持ち悪いじゃないか。猫と入れ替わる人間なんて。

だが、正江は気持ち悪がってなどいなかった。それどころか、遠い目をして微笑む。

「ずっと昔に、同じことがあったわ。神社にお参りに行ったとき、途方に暮れたような男の子と子猫がいたの。わたしは『どうしたの』って声をかけたら、男の子は猫みたいな声しか出せなくて、子猫のほうはわたしに必死で何か訴えようとしていた。それから、しばらくしたら、男の子は元に戻って『猫と入れ替わってた』って……」

「それ、本当ですかっ？　本当に……？」

渚は興奮して、正江に尋ねた。それが本当なら、自分達以外にも入れ替わりを体験した人間と猫がいるということだ。

　正江はにっこり笑って頷《うなず》いた。

「そうよ。……で、あなたとチャーもそうなのね？」

　彼女は自分の状況を判《わか》ってくれる。そんな気がして、渚は頷いていた。

「オレも……オレも、チャーを抱いて一晩、神社の軒下《のきした》で過ごしたら……入れ替わっていたんです。一日の半分だけでいいから猫と入れ替わりたいって思っただけなのに……」

　正江は気の毒そうにチャーに目をやった。

「神様が願いを叶えてくれたのね。その子は『一度でいいから猫になってみたい』と思ったそうよ」

『一度でいいから』……。だから、すぐに元に戻れたのだろうか。自分もそう願えばよかったのか。

「その子は元に戻って、二度と猫にならなかったんでしょうか」

「それは知らないわ。その後、男の子を見かけることはなかったから。あなたは……何度も入れ替わってしまうの？」

「そうなんです。朝から夜までだけ……」

　正江は昼間の渚とチャーを思い出したのか、突然、噴き出した。

「じゃあ、猫カフェでわたしの相手をしてくれていたのは、あなただったのね！」

「はあ……」

「そして、わたしの傍にくっついていたのがチャーちゃんで……」

チャーは正江の手にじゃれついて、猫気分を満喫《まんきつ》していた。正江はチャーが可愛くてならない様子で抱き上げると、頬擦《ほおず》りをした。

「わたしのために、お菓子を持ってきてくれたのね。大丈夫って声をかけてくれたのね！」

チャーが人間としてできることは少ない。けれど正江のために頑張ってしたのだ。それが評価されて、渚は嬉しかった。チャーはただ正江に可愛がられて、嬉しがっているみたいだが。

上小路も微笑《ほほえ》んでいる。

「チャーは『マサエサン』って言葉も覚えたんです。あなたのことが大好きなんですよ」

「わたしも大好きよ、チャーちゃん！」

ただの猫でも可愛いが、自分を好きでいてくれる猫なら、もっと可愛いに決まっている。ましてや、人間になっても気持ちは変わらないのだ。一途《いちず》な想いに感動せずにはいられない。

渚がそう思うのだから、好かれている正江本人は嬉しくてたまらないだろう。何しろ、元から猫好きなのだし。

それにしても、まさか自分と同じような目に遭《あ》った人間がいたとは……。

もしかしたら、猫と入れ替わったことがある『男の子』にいろいろ訊けば、ちゃんと人間に戻る方法が判るかもしれない。

渚は正江に尋ねた。

「『男の子』の名前は覚えていませんか？」

正江は首をひねった。

「覚えてないわ。もう十数年も前のことだし……」

十数年も前か……。

「今なら、そう……。渚君くらいの年齢かしらね」

手がかりは年齢だけか。そんなに年月が経っていれば、『男の子』はもうこの町に住んでいないかもしれない。

それに、もし会えたとしても、一度しか入れ替わりを体験しなかったとしたら、彼の話が参考になるとは限らない。

渚はがっかりして肩を落とした。

だが、正江はニコニコしている。

「人間と猫が入れ替わるなんて！　また同じような人に出会えるとは思わなかった。なんだか急に元気が出てきたわ！」

「そ、そうですか？」

正江が元気になったのなら嬉しいが、渚は複雑だった。

「わたし、施設に行くのはやめるわ。生き甲斐《がい》ができたもの」

「え？　本当ですかっ？」

彼女はにこやかに頷いた。

「さっき、渚君はわたしを止めようとしてくれたんでしょう？」

「あ、判りました？」

ニャゴニャゴ言っただけだが、気持ちは伝わっていたのだろう。

「なんとなくね」

「あの……余計なお世話かもしれないけど、正江さんが人生を諦めているみたいで、悲しくなったんです。まだ元気なのにって……」

上小路も頷いた。

「僕も……他人の家庭にあれこれ言うのはあまりよくないけど、お嬢さんに少しくらい迷惑かけてもいいじゃないですか。親子なんだから」

「ありがとう。二人とも……。チャーちゃんも」

正江は嬉しかったのが、涙ぐんでいた。

「娘達の言うとおりにしたほうが、みんなが幸せになるんじゃないかと思ったの。わたしだけが片意地を張っているんじゃないかって。……でも、渚君とチャーちゃんの入れ替わりを知って、世の中にはまだまだわたしの知らないことがたくさんあるんだって思ったから、施設なんかに引っ込んでられないわ！」

キラキラした目をしているところから考えるに、彼女はこれが最高に面白いことだと思っているようだ。

いや……いいけどね、別に。

渚にとっては不幸でしかないけれど、それでも誰かに喜んでもらえるなら……。

細かいことは考えたくない。考えても仕方ないから。

正江はチャーを抱き締めた。チャーは嫌がりもせず、されるがままになっている。

「施設に入ったら、なかなかあなた達に会えないものね。ちょっと遠いのよ」

上小路がウンウンと頷いた。

「そうですね。正江さんは常連さんだから。今までどおりお店に来てほしいです」

急に商売っ気が出てきたらしい。上小路は猫カフェ店長の顔になっていた。

「渚君とチャーちゃんが元に戻るまでは、絶対に通い続けるわ！」

「そうです、そうです。ただ……入れ替わりのことは秘密にしておいてくださいね」

正江はふっと笑った。

「もちろんよ。まあ、誰も信じないと思うけど」

確かにそうだ。正江も以前に同じケースに遭遇《そうぐう》していなければ、絶対に信じなかっただろう。

これで、秘密を知るのは当事者以外、二人になったわけだ。

正江が新たな仲間になったような気がして、渚はますます親近感を覚える。チャーは言うまでもない。そして、上小路はずっと彼女に優しかった。

上小路は正江の手を取り、両手で包んだ。

「僕達は同じ秘密を共有する仲間ですよ」

正江ははっとしたように上小路の目を見つめた。一瞬、泣きそうな顔になったが、やがて笑う。

「そうね。独りぼっちじゃなかったのね」

正江はもう施設に行くとは言い出さないだろう。猫カフェに通い、渚とチャーが元に戻るまで見届けるという生き甲斐ができたのだ。

もちろん、施設に行くことが悪いわけじゃないけど……。

でも、それは彼女が本当に納得してからにしてもらいたい。人生を諦めるのではなく、できることなら、そこに何か楽しいことがあるからという理由で行ってほしい。

渚は猫ホストとして、人を喜ばせたいと思っている。今はそれが自分の役割りだ。なんの目的もなければ、一日の半分を猫として過ごすことに絶望したかもしれない。そんなふうに、自分が何かをしている、もしくは誰かに何か影響を与えているということが、生きる糧《かて》になるのだろう。

猫っていうのも、なかなか悪くないよな。

元気を取り戻した正江を見て、渚はそう思った。

翌日、正江がまた店にやってきた。

渚と『渚』はソファに座った彼女のもとへ行く。正江は渚を見てにっこり笑い、『渚』を見て頭を撫《な》でる。

「チャーちゃん、いつも可愛《かわい》いわね」

彼女は渚の姿をしたチャーに向かって、そう言った。

ちょっと待て。それはどういう意味だ?

彼女も渚とチャーを混同してしまっている。それでも、『渚』は嬉しそうに笑っているし、正江も『渚』に懐かれて楽しそうにしている。

オレは……オレは、まあこれでもいいかな。

渚は『渚』の肩に飛び乗った。正江は一人と一匹、一心同体な渚とチャーを見て、目を細める。

「二人とも、可愛いわあ」

こりゃあ、完全に混同しているな。

渚はそう思いつつ、『渚』の肩で猫らしくあくびをしてみせた。

第三話　上小路のヒミツ

1

その人はとても美しい女性だった。

そう。若くて美しい人だ。そして、体形もすらりとしている。年齢は渚《なぎさ》より少し上くらいだろうか。長く伸ばした黒髪をハーフアップにし、上品なワンピースを身につけている。

『いいところのお嬢様』というのが渚の印象だった。

そんなお嬢様風の女性が、仕事を終えて帰ろうと店を出た上小路《かみこうじ》と渚、『渚』の一行に声をかけてきたのだった。もちろん渚は猫の外見をしていて、上小路の肩の上にのせられている。

「遥一《よういち》さん！」

一瞬、遥一って誰だっけと思った。

上小路が彼女のほうに目を向けたので、ようやく上小路の名前が遥一だということを思い出した。

「亜希子《あきこ》ちゃん……。どうしてこんなところに？」

渚は上小路が冷ややかな声を出したことに驚いた。

だって、上小路はどんな人に対しても優しく接しているのに。

もちろん、自分の店で客に冷たくするわけがない。しかし、彼はたとえば近くのスーパーのパート店員やコンビニのバイト学生とも親しく話すのだ。老若男女《ろうにゃくなんにょ》区別なく。動物にも同じ態度をとる。猫好きなのに犬にも優しい声をかける。

そんな上小路が若い美人にどうしてこんなに冷たいのか、渚には理解不能だった。

しかも、名前を呼んでいるということは知り合いなんだろう？

考えられる理由はただ一つ。相手が嫌いだということだ。

しかし、いつも愛想がいいはずの上小路が嫌うには、相手はあまりにも綺麗《きれい》すぎる。渚にしてみれば、こんな美人と知り合いなんて羨《うらや》ましいくらいだった。

亜希子と呼ばれた女性は、上小路の冷たい態度に目に涙を溜める。

「だって、あなたに会いたかったから……」

「僕は会いたくなかった」

おい……！

上小路がひどい奴に見えて、渚は動揺《どうよう》する。

『オレの知らない上小路』って感じで。

とにかく、彼にこんな面があるなんて今まで知らなかった。誰にでも愛想がよく、優しくて面倒見がよく、真面目《まじめ》だ。猫を溺愛《できあい》しすぎるヘンタイなところもある。それが上小路だと思っていたのに。

自分の中の上小路のイメージが崩れていく。いや、勝手にイメージを作り上げて幻滅するなんて、悪いとは思うけれど。

事情も知らないのに決めつけてはいけないのは判《わか》っている。いくら相手が若くて綺麗な女性であっても、上小路には冷たくする理由があるのだろう。

そうだよ。理由もなく、そんなことをする奴じゃないよなあ。

とはいえ、美人が目に涙を溜めているのを見ると、こちらも何か重大な事情があるように思えてくる。

彼女は必死に上小路に話しかける。

「お願い。わたしの話を聞いて」

「もう話すことはないと思うよ。君の言いたいことは判っているけれど、僕はその期待に添えない。そう言っただろう？　僕は僕の生きる道を見つけたから、君は自分の好きなようにしていいんだ」

「でも……」

「悪いけど、忙しいから」

上小路はそう言い捨てると、マンションのほうに向かって歩き出した。渚は振り返って、彼女を見た。彼女はとても悲しそうな顔で、上小路の後ろ姿を見ていて……。

なんだか可哀想《かわいそう》になってしまう。

彼女は上小路の知り合いであって、渚は彼女のことなど何も知らない。けれども、単純かもしれないが、あんな綺麗な人の言葉を無視するなんて……。

オレだったらできないな。

上小路の顔はひどく強張《こわば》っている。やはり、いつもの彼とは違う。本当は彼女と話したいけれど、話せない理由があるとか……？

いや、よく判らないし、渚には本当に理解できないが。

なんとも言えない気分のまま家に帰り着いた。

やがて、渚とチャーが入れ替わる時間が来て、渚は人間に戻る。早速、キッチンで夕食の用意をしている上小路に尋ねた。

「あの亜希子さんって人、上小路の元カノ？」

冷蔵庫から食材を取り出していた上小路は手を止めた。

「いや。元カノじゃないし、今はもう関係のない人だ」

「でも、あんたと話したそうにしていたのに。あんなに冷たくしなくてもって思ったんだ」

　上小路がいつになく不機嫌そうにじろりと渚を睨《にら》む。

　その瞬間、余計なことを言ってしまったのだと判った。

「ごめん。個人的なこと……だよな」

　しかし、事情を話してもらえない淋しさを感じてしまう。なんでも言い合える仲だと思っていたけれど、そうではなかったみたいだ。

　彼は何か言いたげな顔をしたが、急に渚の頭に手を置いて、突然、髪をぐしゃぐしゃにかき混ぜた。反射的に、渚は彼の手を撥《は》ね除《の》ける。

「なんだよ。オレはチャーじゃないんだから！」

　上小路はいつもの上小路に戻って、楽しそうに笑った。

「君もチャーも、僕にとっては家族だよ」

「あ……ありがとう」

　なんだか照れてしまう。

　疎外《そがい》されたような気持ちになったのを、彼は判ってくれたのだ。こういう気遣いをしてくれる人間なのだから、彼が誰かに冷たくするとしたら、やはりそれなりの理由があるということなのだ。

オレは上小路をもっと信じなくちゃ。

渚はそう思いながらも、ふと気がついた。

オレ、こいつのこと、なんにも知らない……。

二十四時間、生活を共にしているから、いろんなことを知っていると思っていた。だが、それは現在の彼についてだ。

過去の彼については、まったく知らない。

上小路は今までの自分のことを何も話してくれていない。話す必要はないと思っているのかもしれないが、少しは話してくれてもいいじゃないか。

たとえば、親について。兄弟がいるのかどうかも知らない。子供の頃の思い出話も聞いたことがない。どこでどんなふうに育ったのかも知らなかった。

そりゃあ、オレも自分の生い立ちを全部話したわけじゃないけどさ。

しかし、上小路の場合、かなり極端だった。何か話したくないようなよほどの理由があるのだろうか。

渚ははっと我に返る。

彼のことを変なふうに疑いたくない。彼は渚の恩人であり、友人であり、雇い主であり、それから家族なのだ。

今まで過去のことを話さなかったのは、別に話す必要がなかったからだ。尋ねれば、きっと答えてくれるはず。あの美人のことではなく、他のことなら訊いてみてもいいだろう。少なくとも、彼は頭ごなしに怒ったりはしないはず。

「そういえばさあ、上小路って兄弟いる?」

さり気なく訊いたつもりなのに、彼は即座に顔を強張らせた。そんな彼の反応に、渚も凍りついてしまった。

だって……兄弟いるかって、そんな簡単な質問もダメなわけ?

彼はすうっと息を吸った。

「あのさあ……」

「兄が一人いるよ。成績優秀で、将来を嘱望《しょくぼう》されたエリートが」

どこか冷めた感じで言われて、渚は別の人間を見るような目で彼を見てしまった。彼は渚とチャーのことを家族だと言ってくれるが、本当の家族に関しては、誰にも言いたくないらしい。

何かよほどの理由がある。それは判っている。けれども、心の中にあるものを少しくらい曝《さら》け出してくれてもいいじゃないか。

渚は自分で思うよりずっと傷ついていた。そして、傷ついている自分にショックを受ける。

　上小路に家族だと言われて嬉しかったけれども、心のどこかでくすぐったさも感じていた。渚自身の家族は仲が悪かったし、家族なんてそんなものだという意識がどこかにあったからだ。上小路とチャーは血縁で結ばれているのではないし、それよりもっと『仲間』や『同志』みたいな感覚でいた。

　でもさ……。

　彼の過去に手も触れてはいけないなんて……。

　拒絶されたことが悲しかった。無闇に分け入ってはいけない部分があることは承知していながら、それでもやはりショックなのだ。

　渚は手にしていたキュウリを流し台の上に置いた。

「……ごめん。オレ、ちょっとコンビニに行ってくるから」

　そのままリビングに行き、上着を手に取ると部屋を出ていく。馬鹿みたいだけれど、上小路と一緒にキッチンにいるのが耐えられない。思わず逃げ出してしまった。

　ショックを受けていても、表に出したくない。当の上小路に悟られたくなかった。

　家族と口では言いながら、やはり家族とは違う。つまり、そういうことだ。

　上小路は悪くない。渚自身の問題だった。

彼は渚とチャーが入れ替わることを知っていて、フォローしてくれる。だから、一緒に暮らしていくうち、思っていたよりずっと彼に依存するようになっていた。それがよくないことだと、本当は判っていたのに。

一方的に依存するのではなく、支え合ったり、助け合ったりするのが正しい姿だ。マンションの外へ出る頃には、渚は少し落ち着いていた。上小路に少し冷たくされただけで、こんなに傷つくのは恥ずかしい。

家族であっても、踏み込んではいけない部分はあるはずだ。彼が過去について語ろうとしないことに気づいたのに、あえて少しくらいならいいだろうと思ってしまった自分が悪いのだ。

いつかは、オレにも話してほしいけど……。

渚だって、自分のことを何もかも上小路に話してはいない。それを思うと、一方的に彼を責められない。

ともかく、コンビニに行ってくると言ったのだから、何か買って帰ろう。

渚は大きく息を吸い、マンションの敷地から道路のほうへ向かおうとした。

「あの……すみません」

暗がりからか細い声をかけられて、渚はエントランスを出た脇に佇《たたず》む女性に目を向けた。

渚ははっと目を見開く。さっき、上小路に冷たくあしらわれた女性だった。

「遥一さんのお友達……ですよね？」

「え……と、亜希子さんって言ったっけ」

上小路に会いたくて、ここまで来たのだろうか。だが、彼が会いたがるとは思えない。また冷たくされるだけだろう。

男の渚でもショックを受けるのだから、こんな美人が二度も拒絶されるのは可哀想だ。

「悪いけど、今、あいつには会わないほうが……」

「それは判っています。でも、せめて、彼が住んでいるところを見てみたくて……。わたしって、馬鹿みたいですよね」

彼女は淋しそうに笑った。

渚は自分が上小路との間に壁を感じたこともあって、一気に彼女に同情する気持ちが大きくなっていく。彼のプライベートに踏み込んではいけないと思いつつも、理由が判れば、自分にもなんとかしてあげられるかもしれない。

「あのさ。よかったら……オレに話してくれない？　力になれるかどうか判らないけど」

彼女の顔がぱっと明るくなった。

あ……そんなに期待してほしくないんだけど。

口出しすべきではなかったかもしれないが、今更取り消せない。

「お願いします！　ぜひ聞いてください！」

熱心に頼まれたら嫌とは言えない。少し後悔しながらも、渚は彼女を連れて近所のファミレスに向かった。

2

この町にただ一軒のファミレスは、なかなか騒がしかった。

とはいえ、話ができないほどではない。渚と亜希子はボックス席で向かい合って座り、それぞれコーヒーと紅茶を飲んでいる。

今更ながら、渚は自己紹介をする。

「オレは近藤《こんどう》渚。その……上小路のところに居候《いそうろう》していて、猫カフェでバイトしてるんだ」

それは必ずしも真実ではないが、真実を語ったところで、彼女は信じないだろう。

「わたしは丹羽《にわ》亜希子と申します」

「あの……亜希子さんって、上小路の元カノか何か？」

渚がそう訊くと、彼女はぽっと頬《ほお》を赤らめた。

「違います」

それなら、上小路は嘘をついたわけではないのか。

「じゃあ……」

「わたしは遥一さんの婚約者です」

危うくコーヒーを噴き出すところだった。

「婚約者！　あいつの？」

「はい、そうです」

彼女はにっこり笑った。

「婚約者がいたなんて話は全然聞いてないけど」

「彼はわたしの存在さえ、お友達にも話してないんですね……」

彼女はあからさまにガッカリした顔になり、渚は慌てた。

「あいつはプライベートのこと、あんまり喋《しゃべ》らないんだ」

「いいんです。彼、わたしのことを婚約者だとは認めてないのかも。婚約は解消されたも同然というか、彼が家を出た時点で、何もかもダメになってしまったんです。婚約者というより、元婚約者と言ったほうが正しいですよね」

「そ、そうなんだ……」

元婚約者だから、元カノとは違うということか。なんだか複雑な話だ。

それより、渚は上小路が家を出た原因が気にかかった。渚のように明らかな家出ではないにしろ、彼もなんらかの理由があって家族と決別しているのだろうか。

だったら……オレにもそれを話してくれたらいいのに。オレが家出男だってことは、上小路も知っているのに。

渚は意気消沈した。

「近藤さん？　どうかしました？」

肩を落としていると、亜希子のほうが心配して訊いてくれる。

「オレ、あいつのこと何も知らなかったんだなあって」

「ああ……判《わか》ります。そういうの。親しい人に悩みを打ち明けてもらえない気持ちって。わたしも遥一さんが家を出るギリギリまで、何も教えてもらえなかったんです。もし悩んでいたなら、力になれたかもしれないのに。まさかお祖父様《じいさま》の会社で役員になることより、猫カフェの店長になることを選ぶなんて……」

渚は亜希子が洩《も》らした上小路の情報に驚いてしまった。

「役員って？　お祖父様の会社？　え……と」

不意に、亜希子は渚に同情的な視線を向けてきた。

「本当に何もご存じではなかったのですね。彼は上小路建設の会長のお孫さんです」

上小路建設って……。

昔、『カミコウジ』と『神工事』をかけたCMが放映されていた時期があった。面白いCMで、子供の頃にはよく真似《まね》したものだ。そんな渚にしてみれば、上小路建設は雲の上の存在だった。

上小路はそこの御曹司《おんぞうし》なんだ！

そういった面を、彼はまったく見せなかった。それどころか、二人でスーパーに買い出しにいくときも、特価品をカートに詰め込んで嬉しそうにしていた。猫カフェのオーナー店長で、マンションも賃貸ではないようだから、少し裕福なのかなと思っていた。しかし、もちろんそれは庶民《しょみん》レベルでの話だった。

だって、大企業の御曹司なんて、その辺に転がってなんかいない。

「わたしの父は丹羽不動産の社長で、上小路建設の社長である遥一さんのお父様とは懇意《こんい》にしています。遥一さんとは子供の頃から知り合いで、当時すでに結婚することになっていたんです」

丹羽不動産も有名な会社だ。亜希子はお嬢様のようというより、本物のお嬢様だったのだ。

「幼馴染《おさななじみ》で、それが恋に発展していって……という感じ？」

亜希子は恥ずかしそうに頬を染めた。

「ええ。わたしのほうは……。遥一さんもそうじゃないかって思うんです。会えば、とても優しくて、デートだって何回もしましたし」

ふと、彼女は眉《まゆ》を寄せ、憂鬱《ゆううつ》そうな表情になった。

「それなのに……彼は悩んでいたことを全然話してくれませんでした。いきなり家を出て、これからは自分の好きなことをするって。突然、婚約も解消されました。だけど、それは彼の本当の気持ちなのかって……」

「どういう意味？　上小路は猫大好きで、猫カフェを楽しそうに経営しているけど」

どうやら亜希子は、上小路が猫カフェを本当にやりたいわけではないと言いたいらしかった。そして、彼女との婚約を解消したことも。

「遥一さんはとても真面目《まじめ》な人です。何事にも全力で取り組む人。会社では営業をやっていました。朝早くから夜遅くまで脇目もふらずに働き、努力して取引先から仕事をたくさん取ってきたとか。とにかく仕事一筋でした。彼は営業が好きで、それが生き甲斐《がい》だった。そのまま勤めていれば、順調に昇進していったはずです」

オレの知らない上小路……。

亜希子が語る上小路の姿に、渚はただ驚くばかりだった。

オレは……なんだか判らないエリート街道を進む上小路より、猫を溺愛《できあい》しすぎるヘンタイみたいな上小路のほうが好きだ。というより、エリートな上小路なんて嫌だ。

いつものんびりしていて、誰にでも微笑《ほほえ》み、お年寄りにも優しい言葉をかけて、他人を心から心配する上小路のほうがずっといい。

でも、それが仮の姿だったら……？

本当の上小路は、亜希子が子供の頃から知る彼なのかもしれない。だが、渚はそれを認めたくなかった。自分の知っている上小路が、本当の彼だと思いたかった。

「そんなに営業の仕事が好きなら、会社をやめるのはおかしいんじゃないかな」

「彼はお祖父様やお父様、お兄様……一族の男性にコンプレックスがあったんじゃないかって、わたしは思うんです。大企業の経営に関わる彼らみたいになりたいけど、なれないから逃げて……猫カフェなんかの経営を思いついたんじゃないかしら」

亜希子はまたまた渚の上小路像を壊すようなことを口にした。

「コンプレックスなんて……まさか」

彼はそういう小さな人間には見えなかった。懐《ふところ》が深く、渚よりずっと器《うつわ》の大きな人間だ。

コンプレックスから猫カフェに逃げたなんて……。あれだけ猫カフェを愛している態度も、ただの見せかけなのだろうか。

そんな……信じられない。というか、信じたくない。

渚は太腿《ふともも》の上で両手の拳《こぶし》をギュッと握りしめた。

でも……。

ふと思い出して言った。

「上小路のお兄さんは優秀な人だって聞いた……」

「ええ。お兄さんは若くしてかなり上の役職についています。わたしは遥一さんにもそんなふうになってもらいたかった。コンプレックスなんかに負けないでほしかったんです」

たまらず、渚は反論した。

「上小路はそんな弱い人間なんかじゃないよ！　コンプレックスとか、そんな感情に負ける奴じゃない！」

感情的な渚に、亜希子はまた憐《あわ》れみを浮かべる。上から施《ほどこ》しを与えるように微笑まれ、なんだか情けなくなってくる。

「遥一さんはその気になれば、すごいことができる人だって思います。でも……やっぱり逃げたんだわ。ただ、挽回《ばんかい》するチャンスはあります。わたし、それを遥一さんに伝えたくて……」

渚ははっとした。

亜希子が望んでいるのは、上小路が猫カフェを閉め、今のマンションから実家に戻り、昔のようにエリート街道を進むことなのだ。そして、自分と結婚してほしいのだろう。

上小路と亜希子。美男美女だ。

渚は二人の結婚式を想像してみた。とてもお似合いだろう。

でも……オレは上小路といつまでも一緒にいたい。いや、いつまでもというわけにはいかないだろう。いずれは……それがいつかは判らないが、別々の道を歩むときが来るのは間違いない。

だけど、オレは今の生活をまだ続けたい。

オレとチャー、それから上小路。二人と一匹で家族でいたい。

何より上小路にはこの町で猫カフェを経営していてもらいたい。猫を愛して、猫を愛する人々のために働いていてもらいたかった。

それとも亜希子の言うとおり、大企業の役員になるほうが、彼の幸せなのだろうか。

渚はすっかり混乱していた。

だって、上小路は自分について語ってくれない。彼が何を考えているのか、何を望んでいるのか、何が好きなのか、これから先の展望も聞いていない。

彼がこの町を出ていき、元の生活に戻れば、オレとはなんの接点もなくなってしまう。チャーはどうなるのだろう。他の猫達も。半分猫である渚など、見捨てられてもおかしくない。

鼻の奥がツンと痛くなり、慌ててまばたきを繰り返す。涙もろいとはいえ、こんなことで泣くのは馬鹿げている。ましてや女性の前で。

ただ、やるせない気持ちからは逃れられなかった。

渚に上小路を止める権利はない。彼が町を出ていきたければ、出ていけばいい。猫カフェを畳《たた》みたければ畳めばいい。前の仕事に戻って、華やかに暮らしたければ、そうすればいいのだ。

でも……。

正直なところ、オレは嫌だ。嫌なんだ。

上小路の過去を思いがけず知らされて、渚は動揺していた。落ち着こうと目の前にあるカップを手にしたが、コーヒーはもう冷めていて、ぬるくなっている。

亜希子は突然、渚の手に自分の手を重ねてきた。

「お願いがあります、近藤さん」

「え……？」

「彼を説得してほしいんです！」

　渚はギョッとして手を引いた。

「無理だよ！　無理、無理！」

「話だけでもしてみてください。彼は家を出る前に、お父様と大喧嘩《おおげんか》しているんです。お父様は頑固な方で、本心ではとても後悔しているのに謝ることができなくて……。だから、彼に折れてもらいたい。そうすれば、何もかも元どおりになるんです」

　上小路も家族――父親と衝突して、家を出たのだ。まさか自分と似たような経緯だったとは。

　だとしたら、尚更どうしてオレに話してくれなかったんだよ……。

　もし亜希子の言うとおりコンプレックスがあるとしたら、上小路も簡単には口にできなかったのかもしれない。大っぴらに言えるなら、それは大したコンプレックスではないだろう。

「でも……オレなんかが何を言っても、きっと聞いてくれないよ。自分の過去だって話してくれないんだから。オレに頼んでも無駄だよ、亜希子さん」

とはいえ、上小路は亜希子の話なんて渚の話以上に聞く気がなさそうだった。それなら、やはり自分が引き受けるべきなのか。

ああ、でも、オレは上小路にこの町から去ってほしくないのに。

上小路とチャー、それから渚の二人と一匹はそれなりに楽しく暮らしている。第一、渚とチャーの入れ替わりはまだ続いているのだ。上小路がいなくなったら本当に困る。

万が一、説得が成功して、上小路がその気になったらどうなるんだ。

「彼にはお祖父様《じいさま》やお父様に負けないくらい経営の才能があります。きちんと会社勤めをしていれば、子会社を任されたはずです」

上小路に経営の才能があるかどうか、本当に亜希子に判るのだろうか。渚は疑問に思ったものの、猫カフェはあまり立地条件がよくないのに、それなりに収益が上がっている。

つまり、経営の才能があると言えなくもないだろう。

それに、彼なら、普通の人間には与えられないチャンスにもたくさん恵まれることだろう。

会長の孫で、社長の息子。そして、丹羽不動産の社長令嬢を妻にする。

普通の人間が憧れてやまない出世が約束されているのだ。

それなのに……。

彼はこんな住宅地で猫カフェを経営し、猫を可愛《かわい》がり、客と笑い合うことで満足している。

「彼が猫カフェ店長だなんて、もったいないと思いませんか？　リタイアしてからでも充分じゃないですか？」

確かに。

亜希子の言葉には納得できるものがあった。

上小路はまだ若い。猫が好きなら、猫を飼えばいい。猫カフェをしたければ、何も自ら店長をせずとも、人を雇えばいい。

それに……父親との和解は大事だ。

渚も以前、実家に連絡を入れた際に、一応家族と和解らしきものはしている。半猫ではなくちゃんと人間に戻れたら、改めて実家に顔を出そうと思っている。けれども、そうするように説得したのは上小路だ。

彼だって父親と和解すべきだろう。

その先のことは……判らないけど。

亜希子は目に涙を溜めて、渚に懇願《こんがん》した。

「お願い、近藤さん！」

渚はその涙に負けてしまった。

上小路に話してみると亜希子に約束して、ファミレスを出た。

コンビニに行くと言ったのに帰りが遅いから、きっと上小路は心配していることだろう。

それでもまだ帰りたくなくて、渚はあの神社へふらりと向かった。

チャーと出会った場所だ。

長い階段を上ると、小さな丘の上に小さな神社がある。渚はお参りした後、上小路と初めて会った辺りを見つめた。

あのとき、上小路にとって自分は見知らぬ他人だった。中身はチャーで様子がおかしいのに、彼は連れ帰ってくれた。『渚』が何もできないので、靴《くつ》まで脱がせてくれた。

面倒見のいい彼に、渚は精神的にも頼ってしまった。

彼がいて、チャーがいて……。渚は自分とチャーがちゃんとした人間と猫に戻るまで、その暮らしは続くと思っていたのだ。

だけど、どんなものにも終わりはある。そうだろう？

初めてこの神社に来たとき、渚は家族から理解されずにやさぐれていた。家族の存在に価値を見いだせなくなっていたし、これからは一人で生きていくのだと息巻いていた。

一日の半分を猫として過ごすことになってから、渚の人生は変わった。元に戻れる日が本当に来るかどうかも判《わか》らない。考えたくないが、どちらかが死ぬまで、ずっとこのままかもしれない。

そんな渚にとって、上小路は大事な存在だ。

彼は渚を家族として受け入れてくれた。彼の温かな気持ちは嬉しくて……。渚もいつしかこの生活にどっぷり浸かってしまっていた。

昼間は猫だから、自立なんてできない。どうしたって上小路に頼らざるを得ないのだ。

もし、渚が説得に成功したら、上小路とは別れて暮らさなくてはならない。

そうなったら、オレは……？　チャーは？

いや、この不安な気持ちこそが依存心なのだ。亜希子の言葉を信じるなら、上小路には輝かしい未来が待っている。彼が心の底から猫カフェの店長をやりたくてやっているならいい。けれども、父親との喧嘩が原因で家を出て、第二希望として猫カフェを営《いとな》んでいるのであれば、なんとかしてあげたい。

オレなんて大した力にはなれないけどさ。

上小路には本当に世話になった。渚の心も彼に救われた。

彼は温かい心の持ち主で、猫カフェを通して人を幸せにしている。渚自身も猫ホストとして、そんな気持ちを味わえた。

だから……。

恩返しをしなくてはならない。

どの道を選ぶのか、それは彼の自由だ。しかし、もし何か未練があるのなら、心おきなく戻ってほしい。彼の足枷《あしかせ》にはなりたくなかった。

まず、上小路父子の和解が目標だ。コンプレックスなんて持つ必要はないと、上小路に伝えたい。彼にはたくさんいいところがあるということも。

そして、亜希子との間に何か誤解があるのなら、それを解く手助けをしてあげたい。

その上で、彼がどの道を選ぶのか、見守りたいと思った。

オレはまだ上小路とチャー、二人と一匹の生活を続けたいけれど……。

我儘《わがまま》はよくない。

渚は恩返しのために頑張ることにした。

「ただいま！」

元気よく家に帰ると、ダイニングテーブルについていた上小路が立ち上がった。

テーブルの上には料理が並べてある。どうやら渚を待っていたらしい。

「一体、どうしたんだ？　コンビニに行ったきり帰ってこないから、心配したんだよ」

「ごめん。急に散歩がしたくなって……神社まで行ってきたんだ」

上小路はぱっと目を見開いた。

「神社か……。急に渚君が出ていったから、僕の言い方が悪くて腹を立てたんじゃないかと思ったんだけど」

「まあ、少しね。オレ達、家族じゃなかったのかって、ちょっとショックだったんだ」

さっきはショックだったのを彼に知られたくないと思ったが、今は嘘みたいにすんなり認められた。

上小路との暮らしもそんなに長くは続かないかもしれない。そう思うと、くだらないプライドにこだわっていた自分が馬鹿みたいに思えてくる。

言いたいことは言わなくては。

残された時間が短いなら、嘘やごまかしで二人の間を埋めたくなかった。

「そうなんだ……。ごめん」

「家族でも言いたくないことはあるよな。オレ、思い違いをしていた」

渚は明るく振る舞う。上小路の過去について、本当は亜希子からでなく、彼から聞きたかったが仕方ない。

「あのさ。もし悩みとかあったら聞くよ？　オレじゃ頼りにならないかもしれないけど」

「そんなことないよ。渚君は最初に比べたら、ずいぶんしっかりしてきたと思うし」

つまり、最初はしっかりしてなかったってことか。

だが、それは彼の本音なのだろう。実際、渚は思いつきで家出をしてしまうような思慮《しりょ》の浅い男だったのだ。

上小路はダイニングテーブルにちらりと目をやる。

「まあ、それより食べようよ。手を洗ってきたら？」

なんだか子供扱いだな。

上小路は細かいことに気がついて、いつも世話を焼きたがる。しかも、渚と『渚』を混同してしまうのか、やたらと過保護になるときがある。

言われたとおりに手を洗い、二人で食事を始める。チャーはもうとっくにキャットフードをもらったらしく、ソファの上で丸くなって寛《くつろ》いでいた。

「オレさ……神社に行って、改めて家族ってなんなんだろうって考えたんだ。いや、オレ達のことじゃなくて、一般的な家族のことだよ。血の繋《つな》がりがあっても、心が通い合うとは限らないよね」

「そうだね。正江《まさえ》さんのところもそうだし」

渚は頷《うなず》いた。

「だけど、血の繋がりがあるからこそ、和解しやすいかもしれないよね？　どちらも意地を張っているだけで、どちらかが謝れば、向こうも謝るみたいな……」

「うーん。そうかな」

上小路は首をひねった。

「そういう場合もあるだろうけど、血の繋がりがあるからこそこじれることもあり得るよ。どうしても相容《あいい》れなかったら悲惨《ひさん》だし。それはそれでいいんじゃないかな。なるようになるというか、時期が来れば自然に元に戻るかもしれないし」

上小路の言葉は、ひどく捉えどころがなかった。

なんだか煙《けむ》に巻かれているような気が……。

まさか渚が上小路を説得するつもりなのがばれたわけではないだろう。そもそも、その気配もない。彼はただ自分の意見を口にしているだけだ。

つまり、今の彼に家族との仲を修復する気はないのだ。

「でも……たとえば正江さんみたいに年を取ったら、和解するには遅すぎることもあるし……」

上小路は渚をじっと見つめてきた。

「君は家に帰りたいと思っている？」

「えっ？　オレの話じゃないよ！」

おまえの話だよ、と言いたかったが言えない。上小路が気を悪くするのは目に見えている。

「そうかな。さっきからずいぶんセンチメンタルだし。神社に行ったのは、里心がついたからなんじゃないかな。家に帰って、なんとか上手《うま》くやりたいと……」

「絶対に帰りたくない！」

「どちらかが謝れば和解できると言ったよね？　和解するには遅すぎることもある、だっけ？　君はお祖父《じい》さんやお祖母《ばあ》さんと同居していたし、自分について話しているとしか思えないよ」

確かにそうだ。だが、渚が言いたいことは違う。

説得って難しいな……。

だが、上小路に恩返しをしたい。彼が本当に望む道に進んでほしい。それに、女性に泣かれるのはいたたまれなかった。

「オレは……今のところ和解なんていいよ。というか、一応、和解らしきものはしているわけだし」

「どうかな。君のご両親もお祖父さんもお祖母さんも心配しているし、帰ってきてもらいたいと思っているだろうね。だからといって、戻る義務はない。子供の進む道を親が妨げようとするのは間違っているし、あれこれ口を出すのも同様だ。君にしかできないこと、君がやりたいことを見つけてほしいよ。今のうちに」

「うん……そうだね」

これでは、オレが上小路に相談を持ちかけているみたいだ。逆のつもりだったのに。

「え……と、上小路がやりたいことは、猫カフェだけ？」

「僕は猫の保護をもっと大々的にやりたいと思っている。できることなら、猫を飼っている家を一軒一軒回って、いろんなアドバイスをしてあげたい。野良猫《のらねこ》が人間に嫌われずに生きていけるようにしたいし、不本意ながら野良猫が増えないようにもしたいんだ」

「不本意ながら……？」

「去勢《きょせい》や避妊《ひにん》手術だ。自然の摂理に反したいわけじゃない。でも、放っておけば増えていって、結局、多くの猫が悲惨な目に遭うことになる。かといって、僕個人で野良猫を助けるには限界がある。無理に猫カフェへ連れてはいけないよ。狭い場所に多くの猫を押し込めたりできないから……」

上小路は本気で野良猫の保護について語っている。

そういえば、家に連れ帰るのはもともと飼っているチャーだけだが、店にいる猫の面倒を見るため、店休日でも店へ行き、いろんなケアをしている。仕事とはいえ、すべての猫が上小路の可愛《かわい》い猫達なのだ。

もっとも、そのわりにあまり猫から懐かれてないのだが。

「猫が本当に好きなんだな……」

「そうだよ。そうでなくちゃ、猫カフェなんてやってない」

「じゃあ、猫の保護以外でやりたいことは？」

上小路はしばらく黙っていた。そして、ポツリと呟《つぶや》く。

「思いつかないなあ」

マジで？　それとも、オレには言いたくないだけ？

「たとえば、猫カフェをチェーン店にするとか？　全国規模にして、経営するとか？」

上小路は顔をしかめて、首を横に振った。

「商売が目的じゃないんだ。チェーン店なんかにしたら、僕の目が届かない。そんなことは絶対にしない」

「なんか大きな仕事をしたいって野望はないわけ?」

亜希子情報によると、彼には経営の才能があるらしい。渚はそっち方面から攻めようとしたが、上小路は顔をしかめ、じっと渚の顔を見つめてきた。

「今日の渚君は様子がおかしいよ」

「そ、そうかな……」

「悩みがあるわけじゃないなら、どこか具合が悪いんじゃない? 隠さないで、ちゃんと言ってごらん」

彼は本気で渚を心配している。嬉しく思うのと同時に、なんだか情けなくなってくる。守られているばかりだからだ。

「オレは童顔だけど、子供じゃないよ?」

彼はにっこり笑う。

「判っているよ。でも、正江さんといつも話すんだけど、渚君をつい子供扱いしてしまうって。チャーが渚君になっているときの行動は子供そのものだしね。つい……可愛がりたくなるんだ」

頬《ほお》が赤くなる。

老婦人と青年に、子供のように可愛がられる男。それがオレだ。

「オレはさ……具合が悪いとか悩みがあるとかじゃなくて……。あんたの力になりたいんだ」

「は？　僕の？」

まじまじと顔を見られる。こいつは何を言っているんだと思われているようで、渚はなんとも言えない惨《みじ》めな気分になってくる。

渚の気持ちはすべて空回《からまわ》りしていて、上手く説得できない。

まったく腹が立ってくる！

「なんだかよく判《わか》らないけど、ありがとう。渚君の気持ちは嬉しいよ」

彼に微笑《ほほえ》まれて、話はここで終わったなと思った。

ああ、どうにかして彼を上手く誘導したい。

渚はひどい疲れを感じていた。

3

それからというもの、渚は隙《すき》あらば説得したいと、いろんな話を振ってみた。

といっても、正面から説得しようとしても無駄だということは判ったので、それとなく話題を誘導したい方向に寄せていった。

たとえば家業につく話だとか、コンプレックスに関する話だとか。

それから、恋人や結婚の話、ヤケクソで子供の話にまで広げている。彼は奇妙な表情で渚を見つめるばかりで、まだ功《こう》を奏していないけれど、もうひと押ししてみれば、また変わってくるかもしれない。

店の営業時間が終わると、上小路はいつものように猫になった渚を肩にのせて帰途につく。もちろん『渚』も彼についてきていた。

ふと、『渚』が立ち止まった。

「どうしたの？　ちゃんとついておいで」

上小路は振り返り、『渚』を促す。『渚』は焼き立てパンの店の前に立ち止まり、物言いたげに上小路を見つめた。どうやら、昨日ここでパンを買って帰ったことが頭に残っているらしく、また欲しいとおねだりしているらしい。

どこまで食い意地が張っているんだよ！

猫カフェであれこれスイーツを食べていたくせに。渚は呆《あき》れてしまった。チャーだけでなく、チャーに甘い顔をする上小路にもだ。

「じゃあ、何か買ってきてあげるから、渚君を肩にのせて、待っているんだよ」

そう。オレは食べ物が並ぶ店には入れない。猫だから。そして、パン屋に『渚』を入れるのは、上小路といえども怖いらしい。本能でパンを手で掴《つか》み、その場で食べてしまわないとも限らない。

『渚』はおとなしく頷いた。そうしないと買ってもらえないことくらいは学習している。

渚は『渚』の肩に飛び乗り、そのまま上小路を待った。

時間帯を考えれば、それほどパンは残っていない。上小路は少ない選択肢《し》の中からいくつか買って、ひとつを『渚』に与えた。

立ち食いかよ！

渚は立ち食いなんかしない。家に帰るまで待てない『渚』は、思いっきり躾《しつけ》の悪い子供みたいだ。とはいえ、家に帰れば、すぐに渚とチャーが入れ替わる時間が来てしまう。上小路はチャーの健康を考えていて、人間の食べ物を猫のチャーに与えることはない。

つまり、今、『渚』にパンを食べさせないと、間に合わないというわけだ。もちろん入れ替わった後に渚が食べても意味はない。だいたい、夕食前にパンなど食べたくなかった。

「猫だけじゃなく、オレの健康も考えてほしいよ」

渚はぶつぶつ言ったが、パンを喜んで食べる『渚』の姿を見て、上小路は満足げに微笑んでいる。

「チャーちゃん、可愛いねえ」

おい。それはオレだよ。オレの身体だよ。

渚は突っ込みを入れたかったが、何を言っても同じだ。上小路の頭の中ではもうどちらもチャーに見えるのだろう。

それにしても、人間になったチャーは基本的にあまり動かないし、甘いものを食べてばかりなので、最近、少しふっくらしてきた気がする。

マズイ。オレの身体、このまま太ってしまうかもしれない。

丸くなった自分の身体を想像して、ぞっとした。

マンションに帰り、無事人間に戻ると、渚はダイニングテーブルの上へ置きっぱなしだった携帯をチェックする。『渚』に持たせても意味はないし、猫になった渚は持っていけないからだ。

「あ……」

小さな声に上小路が気づく。

「どうかした？」

「あ、いや、友達からメールが来てただけ」

実は亜希子とアドレスを交換していて、あれ以来、二人は連絡を取り合っていた。上小路の前で、彼の元婚約者のメールを開く気になれず、寝室へ移動した。

彼女のメールに書いてあることはいつも同じだ。説得してくれたのか、上手《うま》くいく気配はあるのかどうか教えてくれ、と。

そして、渚が返すメールもいつも同じだ。説得中だが上手くいかない、と。

オレはこういうことに向いてないんだろうなあ。

そう思いながら携帯をポケットに仕舞い、キッチンへ向かった。エプロンをつけ、料理に取りかかろうとしている上小路は、渚の顔を見て何故だかニタニタ笑っている。

「なんだよ、気持ち悪い笑い方をして！」

「とうとう春が来たんだね」

「はあ？　春はまだだよ。今はまだ秋、もうすぐ冬になろうって時期だろ？」

彼が急に何を言い出したのか、渚にはさっぱり意味が判らなかった。

「違うよ。渚君の頭の中が春なんだろう？　最近、こそこそとメールをしたり、電話をしたり……。いつ、その娘と知り合ったんだ？　あ、もともとカノジョいたのかな？　状況もだいぶ落ち着いたし、また連絡取り合うようになったの？」

渚の頬は真っ赤になった。どうやら上小路は渚にカノジョができたと思っているのだ。確かに最近メールや電話をこそこそしているから、勘違いされてもおかしくない。

ただし、カノジョではなく、相手は上小路の元婚約者なのだが。

「隠さなくていいよ。相手はどんな人？　渚君の相手なら可愛い感じかな。デートするならやっぱり夜だよね？　僕に気を遣わず、好きなように会っていいんだよ」

「違うって。カノジョなんていないから」

「そうかな。最近、やたらとそういう話を振ってくるじゃないか。まさか渚君が結婚や子供のことまで考えているとはねえ」

上小路を説得するはずが、渚が結婚したがっていることになってしまっている。なんだか頭が痛い。

「オレは……本当にそんなんじゃないって。ただ、純粋に知りたいだけなんだ。あんたが結婚したら……ほら、オレは同居できないし」

「僕に結婚したい相手がいないのに、今からそんなことを考えても仕方ないじゃないか。まあ、いつかは家庭を持つかもしれないけど、きっとその頃には君とチャーは元に戻っているよ」

上小路はニヤニヤしながら、渚の腕をツンツンと指でつついた。

「それで、渚君のカノジョは……」

「だから、カノジョなんていないって。それより、オレはあんたに幸せになってもらいたいんだ。ほら、この間みたいな美人とか……」

さり気なく亜希子のことを話題にしようとしたが、彼はすぐに笑い引っ込め、肩をすくめた。

「僕のことは心配ないよ。チャーが傍にいればいいんだから」

「だって、猫とは結婚できないんだよ?」

真面目《まじめ》に言ったつもりだったが、上小路は噴き出した。

「さすがにそれは判っているよ。猫とは結婚できない。ましてチャーはオスだしね」

上小路はまだ笑っている。本気で話し合うつもりはないようだった。

また説得失敗かあ……。

「で、メールの相手は誰?　女の子じゃない?」

「……ただの友達。悩みを相談されているだけ」

「なんだ、そうか。渚君にもそろそろ幸せなことが起きてもいいんじゃないかと思ったんだけど」

確かにそうだ。猫体験なんて一度でいいのに、こんなに長く続いている。それに見合うだけのいいことが起こってもいいはずだが、残念ながら何もなかった。

「もういいよ。オレは……」

「僕も渚君には幸せになってもらいたいんだよ」

しんみりと言われて、渚の胸に温かいものが忍び込む。上小路はやはりいい奴だ。彼への恩返しをここで諦めるわけにはいかなかった。

翌日、家に帰って人間に戻るなり、渚はまたメールをチェックした。

亜希子からのメールの文面に、思わず声が出ていた。

「ええっ？」

慌てて口を閉じたものの、上小路がそれを聞きつけて飛んできた。渚が誰かとメールのやり取りしているのがどうしても気になるらしい。

「どうしたんだ？」

「え、あの……ちょっと外に出てきていいかな。友達が……ほら、悩み相談してくる友達が近くまで来ているらしいんだ」

「ああ、どうぞ。じっくり話を聞いてあげるといいよ」

上小路がそう言ってくれたので、慌てて部屋を飛び出した。この間のファミレスに亜希子が来ているというのだ。なんの進展もないので、彼女はずいぶん苛立《いらだ》っているのかもしれない。

こっちも、上小路にいろんなこと気づかせてあげたいとなんとか努力しているのになあ。

ファミレスに入ると、すぐ目につく席に亜希子が座っていた。

「ごめん。いつから待ってた？」

「そんなに長い時間じゃないわ。猫カフェが閉まる頃に来たから」

そう言いつつ、やっぱり苛々しているようだし、目の前のカップは飲み干してあった。

改めて渚はコーヒーを注文し、彼女は紅茶をおかわりする。

「それで、本当になんの進展もないの？」

「メールで説明したとおりだよ。上小路に和解する気は今のところないみたいだし、猫カフェ以外にやりたいこともないようだよ」

「そうかしら……。あなたには本心を明かさないだけじゃないの？」

彼女は思ったことをそのまま口にしただけかもしれないが、渚にしてみれば、それは辛《しん》辣《らつ》な言葉にしか聞こえなかった。

そんなに信用がないのだろうか。家族だからといって、すべてを話す必要はない。しかし、それでも本音を聞きたかった。

しょぼんとしていると、亜希子も悪いと思ったのか、慰《なぐさ》めようと手を伸ばしてきた。これは彼女の癖《くせ》なのかもしれないが、渚の手に自分の手を重ねてくる。

「ねえ……ごめんなさい。わたし、あなたを落ち込ませるつもりじゃなかったのよ」

「うん……判ってるよ」

「わたしはただ、あの人を……」

彼女はそこで言葉を途切れさせた。目を上げると、彼女は渚ではなく、もっと後ろを見ている。

えっ……？

渚は振り返り――そのまま固まった。

上小路がそこに立っていて、厳しい眼差《まなざ》しで二人を見つめていたからだ。

渚ははっとなり、慌てて彼女の手を振り払った。まるで恋人同士みたいだったから。

そう。上小路の元婚約者に、渚がちょっかいを出しているように見えたかもしれない。

渚は立ち上がった。

「あの、これは変な意味じゃなくて……。ホント、オレと亜希子さんは別になんでもないんだ！」

上小路は亜希子をじろりと睨《にら》んだ。

「渚君にちょっかいをかけるのはやめてもらえないかな？」

「……は？」

自分ではなく、亜希子が非難されていることに戸惑いを覚える。

「渚君の様子がどうもおかしいから、後をつけてみたら……。まさか君が彼に変なことを吹き込んでいるとは思わなかった」

亜希子は非難の眼差しに晒《さら》されて、泣きそうになっている。いや、目にはもうすでに涙が溜まっていた。

「可哀想《かわいそう》じゃないか。どうして婚約者にそんなに冷たくするんだよ？」

「婚約者なんかじゃない」

「元婚約者だったかな？」

「『元』でもない」

上小路は冷たく言い放った。すると、亜希子がしくしくと泣き出してしまう。渚はこの場をどう納めていいか判《わか》らなくなっていた。

上小路が重い溜息をつく。

「仕方ないな。ここでは迷惑がかかるから、僕の部屋に行こう」

亜希子を連れて、渚たちはマンションに戻った。

不機嫌な家主に代わり、渚は亜希子を慰めながらリビングに案内して、ソファに座らせる。

上小路は立ったまま、むっつりと腕を組む。いつも優しげに笑うところしか見ていないので、こんな上小路は怖い。渚でもそう思うのだから、彼女は尚更だろう。

「それで、君は渚君に何を言ったんだ？」

亜希子はハンカチを両手で持って、ひどく動揺《どうよう》していた。

「ほ、本当のことよ……。あなたのおうちのことや、あなたがお父様やお兄様にコンプレックスを持っていたせいで、大喧嘩《おおげんか》になって家を出たって。それで、わたし達の結婚もダメになったって……」

「コンプレックスというのは、ちょっと違うんだけどね」

「だって……」

上小路はまた溜息をつき、一人掛けソファへようやく腰かけた。渚は部屋の隅で立ったまま、二人を見守る。結局、渚は巻き込まれただけで、当事者ではない。

「君はなかなか理解してくれなかったけど、もう一度ちゃんと説明するよ。僕は父の言うとおりに建設会社で働いていたけど、いつしか疑問を持つようになった。それは、僕のやりたいことじゃなかったからだ」

「それが猫カフェだって言うの……？」

「そうだよ。雨の中、子猫だったチャーを拾ったとき、僕の運命は変わった。前から猫が好きで、猫カフェには興味があったけど、チャーと出会ってから、本当にやりたいことが判ったんだ。だから、父と対立した。兄が苦手だったのは、父の生き方にいつも迎合《げいごう》していたからだよ。父の言いなりになりたくなかった。それは……コンプレックスとは違うんじゃないかな」

諭《さと》すように言われて、亜希子の頰《ほお》は真っ赤に染まった。上小路がコンプレックスゆえに逃げたのだと、誰かに言われたのか、もしくは亜希子自身が思い込んだのか知らないが、彼女は渚に対して断言していたのだ。

「そうなの……。でも、何も家を出なくても……」

「父から、猫カフェなんかをやりたいなら家を出ていけと言われた。だから、それに従ったまでだ。財産なんかやらない、相続人から外すとまで言われたけど、ありがたいことに僕は母方の祖父の遺産をもらっていたからね。だから、すぐに猫カフェを開店できた。今更、あの窮屈《きゅうくつ》な家や会社に戻ろうとは思わない」

彼が猫カフェを始めた経緯はそういうことだったのだ。

彼がはっきりと言ってくれて、渚はやっとすっきりした。父や兄にコンプレックスを持っている上小路というのが、どうも想像できなかった。しかし、初めからそれは事実ではなかったらしい。

だったら、オレはものすごく余計なお節介《せっかい》を焼いてたってわけか……。しかも、勘違いがもとで。

ごめん、上小路！

渚は心の中で謝った。

「それから、結婚だけど……。僕は一度も君にプロポーズしてないよ」

亜希子はぱっと顔を上げ、非難の眼差しで彼を見つめた。

「わたし……ずっとお父様からそう言われていたわ！　遥一さんと結婚するんだって、小さい頃からそう思っていたし、そのために花嫁修業もしたもの。今更……変えられない。わたし、あなたと結婚するの」

「僕は君を妹のようにしか思ってないから、結婚は不可能だ」

ゆっくりとした口調で言われて、亜希子の頬は紅潮する。

「でも……だって……」

「君のことは気の毒に思うよ。お父さんにずっとそう言われ続けてきたから仕方ない。でも、僕はもう家にも会社にも戻らない。お父さんもそんな僕と君を結婚させようなんて、もう考えていないはずだ」

亜希子は小さく頷《うなず》いた。

「そうなの。べ、別の人と婚約しろって言われて……」

だから、彼女は焦って何度も連絡してきたのだ。上小路が好きで、結婚したかった。幼い頃から他の道など考えたこともなかったのだろう。

それなのに、今になって違う男と結婚しろと言われているのだ。あまりにも哀れだ。同情するけれど、渚には何もしてやれない。上小路も同様だろう。

「君の生き方は君が選ばないと。お父さんの言いなりがいいなら、そうすればいい。自分でやりたいことがあるなら、やってみればいいんだ。幸い君は食べるために働く必要がないから、なんだってやれる」

亜希子は途方に暮れた顔をしていた。まるで幼い子供が道に迷ったときのような目で、上小路をぼんやり見ている。

「わたし……あなたとは結婚できないのね……」

「ああ、そうだ。僕は君とじゃなく、猫と生きるんだ。それが僕のやりたいことだから」

そう言い切る上小路を見て、渚は感動してしまった。

自分がやりたいことを見つけて、それに邁進《まいしん》する。誰もがそんなふうに生きたいと思っても実現はむずかしいし、そもそもやりたいことを見つけられない人もいる。

上小路の前にはきちんとしたレールが敷かれていたはずなのに……。そして、本来のレールからどんどん離れてしまったが、彼はなんの後悔もしていないのだ。

でも、ある日、彼はチャーを拾うために途中下車してしまった。そして、本来のレールからどんどん離れてしまったが、彼はなんの後悔もしていないのだ。

渚は羨《うらや》ましかった。同時に彼を尊敬する気持ちも胸に溢《あふ》れてくる。

そして、そんな『格好いい男』が自分の親しい友人だということに誇りを覚えた。

オレだって、いつかはきっと……。

上小路みたいに自分の好きなことを見つけよう。

そう心に決めた。


亜希子がすごすごと帰った後、渚は上小路に尋ねた。

「なんで今まで、オレに話してくれなかったんだ？　お父さんとの喧嘩とか以前の仕事とか……猫カフェを始めたときのこととか」

「父の言いなりになっていた頃の話はしたくなかったんだよ。僕の人生はチャーと出会ってから始まったんだ」

上小路はすでに過去を自分の中で昇華していたのだ。だから、いちいち口にしたくなかっただけ。渚を信用してないわけではなかった。

落ち込んだオレが馬鹿みたいだ。

それにしても、チャーと出会ってから人生が始まったとは……。

「あんな綺麗《きれい》な人に言い寄られて、少しも心が揺るがなかった？　本当に妹みたいにしか思えなかったのか？」

上小路は肩をすくめた。

「彼女は猫嫌いなんだ。どんなに美人でも、猫嫌いなんて問題外だね」

「えっ……そんな理由？」

渚は呆《あき》れたが、上小路は真っ当なことを言っているつもりらしかった。

「そうだよ。当然じゃないか。僕は彼女よりずーっとチャーちゃんが好きなんだ」

上小路は猫タワーに座っていたチャーに手を伸ばして抱き上げた。めずらしいことに、おとなしく上小路に抱かれている。

「あのさ……。普通、猫と女の人を比べないいんじゃないかな」

「比べるよ。当然だろう？」

そう言い放った後で、甘ったるい声でチャーに話しかけた。

「チャーちゃん、誰よりも大好きだよ」

そして頬擦りをする。かなりしつこい頬擦りを。

「ニャ！」

チャーは容赦《ようしゃ》なく上小路に猫パンチを浴びせる。

「痛いなあ。でも、これがチャーちゃんの愛情表現なんだよね」

それは違うと思う。

だが、彼がチャーに猫パンチを食らっても幸せだというなら、それもいいだろう。

そうだ。猫と女を比べて、猫をとる男。

それが上小路遥一だ。

チャーは彼の腕をすり抜け、猫タワーの一番上に上り、睨《にら》みつけてくる。彼は大きく腕を広げて、チャーへ話しかけた。

「今日、アイスをあげたよね。昨日はパンも買ってあげた。ねえ、チャーちゃん。僕は優しいよ。おいで！」

猫撫《ねこな》で声《ごえ》で話しかける上小路に、渚は笑った。すると、彼は悲しげな顔でこちらを向く。

「渚君、チャーの代わりに君の頭を撫でてみてもいいかな」

「断る！」

「やっぱりダメか」

上小路はそう言いながらも、笑っている。

こんなやり取りがずっと続くといい。

オレとチャー……それから上小路。

二人と一匹の面白生活が続いていくといいな。

渚は笑いながら、そう思った。

番外編　チャーのジェラシー

「さあ、チャー……じゃなくて『渚《なぎさ》』君、君の大好きなアイスだよ」

　カミコウジは人間となったチャーの前に、冷たいアイスクリームを置いてくれた。周りから猫の鳴き声や客の声が聞こえてるが、そんなことはどうでもいい。チャーはスプーンを握り、一心不乱にアイスクリームを口に運んだ。

　おいしい！　冷たい！　アイス大好き！

　チャーにとって、人間の食べ物を味わうことが最高の幸せだった。

　もちろんナギサと入れ替わって、不便なときもあるけれど。

　人間なんてつまらない生き物だ。

　全身を毛で覆《おお》われていないから服を着なくちゃいけないし、毛づくろいもできない。ジャンプしても高いところにも上れないし、カーテンにぶら下がることもできない。気に食わないことがあっても猫パンチができないし、猫じゃらしでも遊べない。カミコウジとマサエサン以外の人間には構ってもらえないし、可愛《かわい》いとも言ってもらえない。カミコウジの肩にものせてもらえないし、抱っこもしてもらえない。

　まったく不便ばっかりだ。

　でも、実はずっと前から、チャーは人間になってみたいと思っていた。

　だって、人間はおいしものを食べているからだ。カミコウジはケチで意地悪で、いつも自分だけおいしそうな匂《にお》いのするものを食べている。チャーにはいつも甘い声をかけてきて、可愛いだのなんだのと言うくせに、絶対に自分の食べ物は分けてくれない。

チャーだって、人間の食べ物が食べたい！

そんなふうに考えていたら、思いがけなく人間になれてしまった。

ラッキー！

アイスクリームを食べ終わり、スプーンをぺろぺろと舐《な》め始めると、さっとやってきたカミコウジに食器とスプーンを取り上げられてしまった。

「ダメだよ、『渚』君。お行儀《ぎょうぎ》よくしないなら、連れてこないからね」

カミコウジは低い声で注意する。

チャーはムッとしたが、仕方なく頷《うなず》いた。

判ってる。人間は『行儀よく』しないといけないのだ。

人間の姿でいるのはいいことばかりじゃないし、不安もある。だから、カミコウジの家に置き去りにされるのは怖い。そんな目に遭《あ》うくらいなら、カミコウジの言うとおりに『行儀よく』したほうがいい。

そうだ。アイスは毎日食べられるもん。

カミコウジは人間になったチャーにはアイスクリームどころか、いろんなおいしいものを食べさせてくれる。

食べ物のことを考えると、幸せになる。

人間の食べ物、大好き。

ふと辺りを見回すと、猫のナギサが客に愛嬌《あいきょう》を振りまいている。

「チャーちゃん、可愛いねえ」

常連客はチャーの名前を覚えている。前はチャーがそんなふうに客を喜ばせ、可愛いと言ってもらえていたのに。

でも、今はできない。人間は猫じゃらしに飛びついたりしないとカミコウジに言われている。代わりに、ナギサがそうしている。

なんだか……腹が立つ。

ナギサに自分の居場所を横取りされたような気がするからだ。

だいたい、ナギサのことは、最初に入れ替わったときからスキじゃなかった。

神社で人間になって驚いていたとき、カミコウジが迎えにきてくれた。だけど、カミコウジは猫になったナギサをチャーだと思って、連れて帰ろうとした。

カミコウジはチャーのものなのに。カミコウジをナギサに奪われてしまう。抗議したが、変な声しか出なかった。人間は猫みたいに鳴けないからだ。

必死で引き留めたら、カミコウジはチャーとナギサを連れて帰ってくれたけど。

チャーは人間になった。だから、カミコウジは人間の食べ物をくれた。

でも、猫になったナギサはカリカリを食べなかった。猫なのに、カミコウジに特別に人間の食べ物をもらっていた。

カミコウジ、ひどい。ナギサばかり可愛がっている。

猫のナギサはそうやってチャーより可愛がられているから気に入らない。

カミコウジはチャーのものだ。カミコウジはチャーの世話をするのが当たり前。食べたいときに食べ物を出し、抱っこしてほしいときに抱っこをする。望んでもいないことまでしようとするから、時には嫌になるけれど。

たとえば、構ってほしくないときに限って、カミコウジはチャーを抱こうとしたり、頬《ほお》擦《ず》りしようとする。

チャーは好きなときに好きなことをしたいし、自由でいたい。

だけど、カミコウジがナギサを可愛がるのは嫌なのだ。

だいたい、チャーが人間の姿になった途端、カミコウジの態度が変わる。微笑《ほほえ》みながら甘い声で人間の食べ物をくれるし、あれこれ手助けしてくれる。でも、すごく不満だった。

猫のときとは何かが違うから。

猫に戻ると、カミコウジはいつものカミコウジに戻る。人間のナギサをそんなに可愛がったりもしない。いや、たまに撫でているけど。

撫でられると、ナギサは怒る。カミコウジはニヤニヤしている。

やっぱり、ナギサのほうがチャーより可愛がられているかも……？

やだ！　そんなの、許せない！

いっそナギサを苛《いじ》めて、追い出してしまおうか。そんなふうに考えたときもあったけれど、ナギサを追い出したりしたら、入れ替わったときに困る。

カミコウジの傍にいないと、すごく怖い。

前に、ナギサがチャーへ言ってきた。

『おまえが真剣に普通の猫に戻りたいと願わないのがいけないんだ』

そう言うナギサこそ本心から普通の人間に戻りたいと思っているのだろうか。

猫になって、楽しそうにしているときもある。ひょっとしたら、ナギサこそずっと猫でいたいんじゃないかな。

本当にそうなったら……どうしよう。

ナギサがずっとチャーなら、チャーもずっとナギサでいなくちゃいけない。

そんなの、やだ！

夜中、ニャアと鳴いたら、カミコウジが寝ぼけ眼《まなこ》でベッドにおいでと言ってくれる。そこに潜り込むと、あったかくて、すごく幸せな気分になってくる。

その幸せをナギサに奪われたら……。

やだやだやだやだやだーっ！

ナギサの野望は絶対阻止《そし》しなくては。

チャーは自分の身体《からだ》を守るために、なんとかしないといけないと決意した。

なんとかしようと思ったけれど、どうすればいいのか判らない。

とりあえずナギサを苛《いじ》めてみよう。

猫カフェから帰るときに、ナギサはカミコウジの肩にのる。それはチャーの習慣で、ナギサはその真似《まね》をしている。やっぱり気に食わない。

チャーはナギサの尻尾《しっぽ》を引っ張ってみた。

「ニャギャア！」

鋭い叫び声を上げて、チャーを睨《にら》む。

「どうかした？　こんな道端でそんな声を出さないでくれよ」

ナギサはカミコウジにお尻をポンと叩かれた。

いい気味！

こういうとき人間はどうするんだったっけ。笑うのかな。

笑ってみると、ナギサはますます睨んでくる。そして、今度は尻尾にいたずらされないように、くるりと曲げた。

つまんない。もっとしてみたかったのに。

家に着くと、ナギサはカミコウジの肩から下りて、猫タワーに飛び乗る。最近、ナギサは本当の猫っぽくなってきた。

やっぱり、チャーの身体を乗っ取るつもりじゃ……？

おいしいものを食べたいけれど、猫の身体も手放したくない。

チャーはとりあえずカミコウジにおねだりをした。

「オカシ……」

「お菓子？　うーん、君にあまり食べさせるなって、渚君が言うんだよね」

え？　よく判《わか》んないけど、渚のせいで食べられない？

やだ、そんなの。猫に戻るまで、もうそんなに時間がないのに。早く食べたいよう。

カミコウジに甘えて抱きつくと、なんだか困った顔をされた。

「君がチャーちゃんなんだって、判ってるよ。判ってるけど……ちょっと困るかな。あ、誤解しないで。チャーちゃんは可愛いんだから」

カミコウジはチャーの頭を撫《な》でてくれた。

猫タワーの上で、ナギサが何か文句を言っているが、どうでもいい。ただ、チャーは人間の食べ物が欲しかった。

パンとかお菓子とかプリンとかアイスとか……。

なんでもいい。おいしいものがいい。カリカリより猫缶よりおいしいもの！

いつものチャーはカミコウジにこんなに擦り寄って甘えない。そんなことをしなくても、カミコウジが先にチャーを甘やかすからだ。

なんでも言うことを聞く人間。それがカミコウジなのだ。

だけど、今は言うことを聞いてくれない。懸命に擦り寄り、ついでに耳の辺りを舐めてみた。

「ニャニョニョー！」

ナギサがまっしぐらに飛んできて、カミコウジの身体を駆け上り、チャーに攻撃を仕掛けてくる。

「ちょっと……渚君！」

ナギサはカミコウジに抱っこされて、押さえつけられている。その間に、チャーはナギサ目がけてパンチを繰り出す。

けれども、ナギサはカミコウジに庇《かば》われて、パンチが当たらなかった。

「ダメだよ、チャーちゃん。今の君は猫じゃないんだから。人間は猫を殴《なぐ》ったりしないものだよ」

そんなの、納得できない！

ナギサは何かと邪魔してくるし、カミコウジに可愛がられている。

チャーはナギサにカミコウジを取られたくなかった。

「だいたい、君達、入れ替わる時間じゃないか。仲良くしないと。渚君の身体はチャーちゃんのものでもあり、チャーちゃんの身体は渚君のものでもあって……。あれ？　なんだか混乱してきた。もうどうでもいいから喧嘩《けんか》はやめなさい」

カミコウジはナギサを抱いたまま、ソファに座った。チャーもついていき、横に座り、あったかい身体にもたれかかる。

「うーん……まあいいけどね」

カミコウジは深い溜息をついた。

え……どうしたのかな。

「ダ、ダイジョウブ?」

覚えたばかりの言葉で尋ねてみると、カミコウジはにっこり笑う。

「人間の言葉、ずいぶん覚えたね」

カミコウジはチャーの背中を撫でてくれた。

「チャーもいろいろ大変なんだろうって思うよ。だって、猫なんだから。人間のふりをするのは疲れるよね」

意味はよく判らないが、とりあえず頷《うなず》いてみる。

「よしよし。いい子だ、チャーちゃん。渚君も人間なんだから、猫になるときっと疲れるんだよ。まあ、そんなわけだから、喧嘩しないでほしいんだ。二人……いや、一人と一匹、仲良くやってほしい。判るかなあ?」

チャーは首をかしげる。

結局のところ、カミコウジはナギサを庇《かば》ってる。それが気に食わなかった。

そのとき、頭の中がぐるぐる回る感じがしてくる。結局、猫に戻る時間が来てしまったのだ。

はっと目を開けると、チャーは猫の姿で、カミコウジの腕の中にいた。

ガーン。

人間の食べ物、食べられなかった！

ナギサはさっと立ち上がって、大きく伸びをして、肩を回す仕草をする。

「まったく……チャー！　おまえ、とんでもないことをしてくれたなっ？」

ナギサはぷんぷん怒っている。こっちのほうが怒りたいくらいなのに。

「まあまあ、渚君。チャーは人間の食べ物が大好きなんだよ」

「上小路はチャーに甘いんだからな。こいつが食べたいからって、オレの身体に食べ物を詰め込むのはやめてくれよ」

「だから、あげなかっただろう？」

「今日はね」

ナギサはチャーを見下ろしている。見下ろされるのは嫌いだ。特に気に入らない人間からは。

チャーはカミコウジの腕の中から飛び出して、猫タワーの一番高いところに上る。そうすれば、ナギサはチャーの下の下のすごく下にいる。

「チャー……頼むよ。オレのことも、少しは考えてくれよ。オレはおまえ、おまえはオレ。嫌だけど、そうなんだ。……猫にこんなこと言っても仕方ないけどさ。おまえはいいよなあ。オレはもう普通の人間に戻りたいよ……」

あれっ、ナギサが元気をなくしているみたいだ。

ナギサにカミコウジを取られるのが嫌だった。だから、ナギサに意地悪してみたり、カミコウジに甘えてみたりした。

ナギサは嫌なヤツ。でも、しょんぼりしてるナギサは見たくない。

そういえば……。

神社で初めて会ったとき、ナギサはこんなふうに元気をなくしてた。だから、チャーも一緒にそこで夜明かしした。

だって、しょんぼりしてる人間を放っておけないから。

チャーは子猫のときにカミコウジに助けてもらった。チャーが可哀想《かわいそう》だったからだ。だから、人間が可哀想なときには、チャーが助けてあげる。

ずっと一緒にいてあげてもいいよ。

チャーは猫タワーから下りると、ナギサに近づく。そして、後ろ脚で立って、前脚でナギサの脚にしがみついた。

「そんなことされるとさあ……。どうしたって、許しちゃうじゃん。反則だよ、チャー」

ナギサはチャーを抱き上げた。

カミコウジみたいに頬擦《ほおず》りはしないし、甘い声をかけてきたり、可愛《かわい》いとも言ってくれないつれないヤツだ。

でも……。

本当はチャーも知ってる。

ナギサはなかなかいいヤツなんだって。

「ごめんよ、チャー。おまえだって大変なんだよな。でも、これはオレの身体《からだ》なんだ。食べ過ぎたり、上小路を舐《な》めたりするのは……絶対やめろよ。今度したら絶対に許さないからな」

ナギサの言ってることはよく判らないが、声の調子からもう怒ってないことが判る。もうそんなに落ち込んでもいないようだ。

やれやれ。

でも、人間の機嫌をとるのは簡単だ。

カミコウジはナギサの腕の中にいるチャーを見て、にっこり笑う。

「君達、兄弟みたいだね」

「兄弟？　猫と？」

「兄弟喧嘩《げんか》してるみたいだった。僕と君とチャーは家族だから、そうすると僕は……『お父さん』かな」

カミコウジはニヤリと笑う。

ナギサはムッとしたように反論する。

「せいぜい『おじさん』くらいじゃないかな」

「悪意のある言い方だね。渚君が猫になってるとき、頬擦りしちゃうぞ」

「猫パンチをお見舞いするからな！」

「いいよ。渚君の猫パンチはいつも手加減してるからね」

ナギサは肩をすくめた。

「本職の猫じゃないから、上手《うま》くいかないだけだよ。今度、練習しておくから」

「どうぞ。どっちにしても、猫パンチされるのは好きなんだ。可愛くてたまらない」

「ヘンタイ……」

カミコウジは笑い出した。

ナギサも我慢していたが、すぐに一緒になって笑い出す。

二人の会話の意味はよく判らない。カミコウジが猫パンチを好きだということだけは判った。

そうだと思った。じゃあ、遠慮《えんりょ》なく……。

「さあ、チャーちゃん、こっちにおいで」

カミコウジが両手を広げて、笑顔を近づけてくる。
チャーは容赦《ようしゃ》なく渾身《こんしん》の猫パンチを繰り出した。

※この作品はフィクションです。実在の人物・団体・事件などにはいっさい関係ありません。

集英社オレンジ文庫をお買い上げいただき、ありがとうございます。
ご意見・ご感想をお待ちしております。

● あて先
〒101-8050　東京都千代田区一ツ橋2-5-10
集英社オレンジ文庫編集部 気付
水島　忍先生

集英社
オレンジ文庫

家出青年、猫ホストになる

2017年1月25日　第1刷発行

著　者　水島　忍
発行者　北畠輝幸
発行所　株式会社集英社
〒101-8050東京都千代田区一ツ橋2-5-10
電話【編集部】03-3230-6352
【読者係】03-3230-6080
【販売部】03-3230-6393（書店専用）
印刷所　株式会社美松堂／中央精版印刷株式会社

※定価はカバーに表示してあります

ISBN 978-4-08-680118-8 C0193